文芸社セレクション

送られ人

大鶴 かずみ
OTSURU Kazumi

文芸社

目次

詩

送られ人《びと》

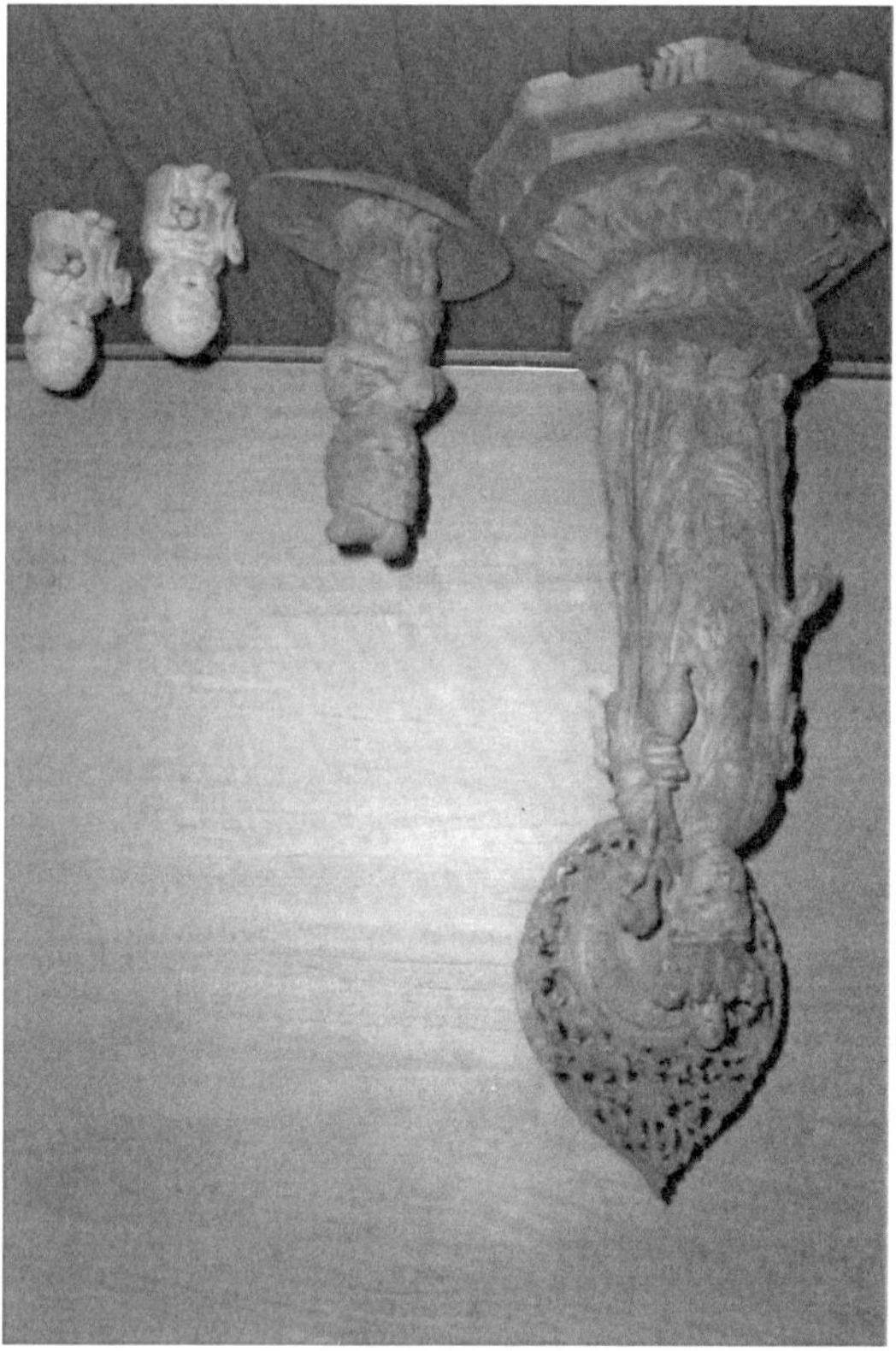

エッセイ

送られ人

人は、その人生において何人の人を見送るのであろうか。

自分自身のことで考えてみると、身内では母方の祖父母（父方は、早くに亡くなっていた）、伯父、伯母、そして父母、姉。学校時代の友人、姉のように慕っていた幼い頃からの隣人、住みなれた家、故郷というべき住居で付き合ってきた人々。過ごしてきた年月の数だけの人を見送ってきたように思う。見送りの形は様々だが、陰ながらお参りした人、後で聞いて、仏壇に手を合わせた人も多かった。

両親の場合は、どちらも、だんだんにこの世を去っていく様子を、なす術《すべ》もなく見送った。姉の時は、最期の二十日間を共に過ごし私がちょっと病室を空けていた時に、逝ってしまった。危篤の知らせで、大急ぎ、駆け付けたが間に合わなかった。

人は、送り人として、多くの人を見送るが見送られる人になるのは、たった一回きりである。その、送られ人となる時期が、私にも迫ってきている。

先の戦争直後まで、人生五十年の日本だったが、今や人生百年の時代となった。六十代、七十代、八十代の人々は、残された数年、十数年をどう生きるか、迷っているように思われる。私自身、姉が死んだ65歳を越えた時、姉を手本として生きた私は少々、戸惑った。しかし、時は淡々と流れていく。父母の没年の84歳まで、あと十年となった今、この十年をどう生きるか、また、戸惑っている。

姉は63歳で肺ガンにかかっていると分かり、65歳で亡くなるまでに三冊の本を書いた。病気と戦いながらである。私には少なくとも、元気な体があり、不自由のない生活がある。とりあえず、両親の生きた84歳を目標に生きようと思う。それまでに、何をなすべきか、ぼつぼつと考えよう。

小さな世界

旅が好きで、できる限り、旅を楽しんできた。

ある旅行社のエジプトの旅をしてきた時のことである。見知らぬ土地の、英語圏でない国は基本的にツアーで行くことにしている。限りある時間を効率的に使い、精神的に疲れないようにする為である。そのエジプト旅行に、一人で参加した。見知らぬ人と同室のプランもあったが、気づかいで使うエネルギーよりも、一人参加の追加費用の負担の方を選んだ。普通のツアーよりちょっとお高い金額だったが、その頃は心が疲れていたのか、あえてその旅にした。

エジプトの風景はすばらしく、生でふれる異国の歴史や遺跡は、私の精神に清々しい風を吹き込んでくれた。

しかし、残念な事もあった。往路の飛行機の中で出会った旅なれた風の男性が、難《なん》癖《くせ》をつけてきた。危うく殴られそうになったが、添乗員が止めてくれた。ラクダで砂丘を進んでいた時に、同行の女性がラクダを引く男の子に年齢をたずねたが、それが通じなかったので私が代わりに尋ねた。彼はすぐに「8歳」と答えてくれた。後ろのラクダに乗っていた件の男性はそれが気に入らなかったらしく、ラクダから降りる時に、大げさに腰を痛がり、夕食後、私に「腰を痛めたのはお前のせいだ」と掴《つか》みかかりそうになったのだ。どうやら、英語がしゃべれると自信のある男性の自尊心が傷ついたらしい。

一人参加といっても、同年輩の女性と話をするのが嫌いな訳ではない。同行に私と同年輩らしい三人組の女性グループがいた。近くに座った時に、話しかけるが、返事もない。聞くともなく聞いていると、リーダー格の女性は金持ちのお嬢様らしく、北極に行った話や、正月をはさんだ旅行では振り袖を着た話などしていた。もう一人はモデルさんらしく、服の着こなしがよく現地で買ったらしいマフラーをしていたので「どこで買ったの?」と尋ねたが、ちらりと私を見ただけだった。

そのエジプト旅行には三泊四日のナイル川クルーズがついていた。夏の暑い盛りは、エジプトは猛暑の日々だ。朝夕の涼しい時間帯に観光し、日中は船内で過ごすという旅程だった。船内のレストランでは、現地の若者らしいウェイターの給仕を受けた。彼らは陽気で、簡単な手品で私たちを驚かしたり、ジョークをとばしたりして楽しませてくれた。私たちが喜んでいる様子を見て、先のグループの女性たちが、「古くさいジョーク、聞きあきたわね」と言っているのが聞こえた。

英語自慢の男性も、三人グループの女性もそれぞれの世界がある。そして、それが自分たちのステイタスであり、アイデンティティなのであろうが、小さな世界であることに気付いていない。自分たちの世界からしか、世の中を見ることができないし、その世界が一番であると思い、その世界に合わない人間を本能的に排除しようとする傾向があるようだ。

小さな幸せ

人は、ほんのちょっとした事で幸せや不幸せを感じる。

先日、ある店で買物をした。目的の物の一つがどうしても見つからない。見回したが店員さんが見つからず、レジの人が手を空くのを待って尋ねた。彼女は私が尋ねた商品名がすぐ分からずお互い困っていた時に、丁度、もう一人の女店員さんが顔を出し、すぐに案内してくれた。私が「ここにあったのね。ありがとう」と伝えると、彼女は口の中で「モゴモゴ」と答えると去っていった。

今時に珍しい応待だと思った。不愛想というか、そっけないというか。私の中に、接客業の人は愛想のいいものだという先入観があり、それに沿わなかったので、意外に感じたのであろうか。彼女は、その時ただ単に気分が重かったのかもしれないし、性格的なものかもしれない。ゆっくり話せば意外と話し好きの人かもしれない。と、いろいろと思いながらも、私の気分も下がっていった。

カナダへ旅行した時の事である。ニューヨークのケネディ空港で乗り継ぎをした。移動のトラムは混んでいたが、私たちが乗り込むと、座っていた黒人の若者がすばやく立ち上がり、私を座らせた。何か言いかける私に、茶目っぽくウインクをして私のお礼の言葉を封じた。その紳士的なスマートな態度に感心すると共に、ほのぼのとした温かさと嬉しさを感じた。年をとると、日本でも席を譲られることがある。しかし、どうしても「いいえ、大丈夫です」と断わったりして、譲ろうとした相手も、私もお互い、何となく気まずい思いをするようになるのは私だけだろうか。若い人だって、一日働いて家路につく頃は疲れているし、そのまま座っていたい気持ちもあるだろう。私自身、働いていた頃は一日の疲れと重い荷物を抱えて、やっと座れた席は譲りたくない思いで眠った振りをすることもあった。自己中だったと思う。また、先述のように、

「どうぞ」「いえ、大丈夫です」を繰り返すのも面倒だという思いもあった。

席を譲るという行為は、私は苦手だ。どうしてもスマートにできない。多分、日本人がマナーとしてその行為を獲得したのが戦後、民主主義の時代になってからだと思うが、定かではない。

トラムの中の若者の行為は、私の心に小さな幸せをもたらしてくれ、その思いがその後のカナダ旅行をより楽しくしてくれた。

お店の女店員の無骨な応待で不幸せを感じたとまでは思わないが、何か私が彼女に嫌な事を言ったりしたりしたかな、と、思わず自分の言動を振り返ったものだった。

私たちは、社会の中でお互いに関わりあい、影響を与えあって生きている。お互いが、小さな幸せを周りの人に与える生き方をすれば平和な世界になるはずだ。それには、笑顔でもいい、お元気ですか、ありがとう、というちょっとした言葉でもいい。

小さな幸せが積み重なって、自分が見送られる人になる時、幸せな人生だったと感じるのではないだろうか。

進化？変化？老化？

友人の女性が言った。「私、すごいことを思いついたんよ。最近、とても寒いから、昔はいていた厚手のパンスト（パンティストッキング）をパンツ（ズボン）の下にはくようにしたんだけど、つま先部分を切り取って、かかと部分をくるぶしまで上げると、動きやすくてはき心地も至極《しごく》いいんよ」続けて、「こんなことを思いつくなんて、すごいと自分でも思う」と言った。思わず私は、「それって、年をとったと言うことじゃない？　若い時は思いついても実行しないと思う」と、言ってしまった。彼女は少し驚いたような顔をしたが、特に気を悪くした風でもなかった。

似たようなことを私も連れ合いに言ったことがある。

つわぶきという晩秋に黄色い花をつける植物がある。初春に蕗に似た若い茎を採り、皮をむいて料理をすると、蕗よりこくのあるおいしい煮物ができる。毎年、何度か料理をするがその皮をむくのが難しい。人に尋ねていろいろ工夫してみるがうまくいかない。ある時、偶然にぬるま湯に浸《つ》けてやってみたら、おもしろいようにきれいにむける。連れ合いに「つわぶきが簡単にむける方法を見つけたよ」と得々と報告した。更に「年はとっても進化する自分が怖い」と自慢したら「心配するな。その分、脳細胞が毎日一万個ずつ、死滅していく」と言われた。

　友人は、若い頃は恥ずかしくて気になることも、年をとると恥ずかしさより、体の心地よさの方が重要になってきたのだと思う。身心の変化がもたらした発言だ。私の場合は、偶然の発見をいかにも自分の手柄のように感じた心の老化の現れだ。

　小学生の時、「進化論」を簡単にならった。その時の説明で覚えているのは、「きりんの首やぞうの鼻は、木の葉などを食べやすくするために、だんだん、今のように伸びたのだ」と教わったように思う。疑い深い子どもだった私は、「それならなぜきりんやぞうだけ進化したのだろう。他の動物の首や鼻も伸びるはずだ」と、ダーウィンの進化論に不信をいだいた。

　後に、厳しい自然の中で、その厳しさに順応できるように変化していった生物だけが生き延びて今の形となった、という変化の話を本で読んで少し納得した。しかし、単純微小な原始生命から現在の形態へと進化したという説は、まだよく分からない。

ここ数年、世界中にはびこって、人類を脅かしているコロナウイルスも、日々変化して、私たちも心安らかに過ごせる日がいつ訪れるか分からないが、あれも進化している？

進化という言葉に惑わされる。「進」という漢字や対義語の「退化」という言葉の意味から、「進む（良い方向に）、良くなる（状態が）」と捉えがちだが、決してそうではないようだ。原語のエボルーションの訳は、進化、発展、発達だがどうも馴染めない。

掛け声

駅伝の最終ランナーが二人、トラックに入ってきた。ゴールは後、数百メートル。前のランナーが後ろのランナーから、少し抜かれた。引き離されないよう、必死で追いかける。両者への応援の声が高まる。声援の中、一度抜かれたランナーが最後の力を振り絞って、今一度抜き返しゴールした。

掛け声の力は、人の心を奮い立たせ、それが手や脚に伝わって、思わぬ力を出させる。

退職後、なまった体を鍛え、体力をつけるために毎朝、テレビ体操をしていた。初めの頃は脚がブルブル震えたり、わずか数分の体操が最後まで元気にできなかったりした。そんな時に、指導者が「さあ、もう一度」と掛け声をかけてくれると不思議と元気が出たものだった。

今は元気に老後を過ごす為に、女性専用のジムに週三回通っている。一回、わずか三十分の運動だが、体幹が正しく整えられ、脚、特に太股《ふともも》に筋肉がついてきた。ジムには常に数人のコーチがいて、腹圧の入れ方や、マシーンの正しい扱い方を指導してくれる。自分では力いっぱいマシーン動かし、必要な部分の筋肉を使っていると思っているが、コーチが側についていて、「はいっ、そこでシュッとける、じわじわと戻す、シュッとける……」と、掛け声をかけてくれると、一人でするよりも力が入る。何分かおきに、脈拍を測る時間があるのでそれが如実に分かる。そしてコーチたちは、何度も何度も「がんばってますね、いいですよ、きれいです」等、ほめ言葉もかけてくれる。

暑い中、庭や花だんの草むしりをする。野菜や花の周りの草を抜いてきれいになると嬉しくなるが汗は流れるし、腰は痛いし、もうやめようかと思う時がままある。そんな時に「あと少し」と自分で自分に掛け声をかけるとがんばれる。

掛け声は、人生のおまじないの一つだ。

地球の怒り

毎年、気象の変動はあるが２０２２～２０２３年の寒暑は特に激しかったように感じた。２０２1年の東京オリンピックの年も暑かったが２０２２年の夏は猛暑、酷暑が日本いや世界、地球を襲った。２０２２年の冬は例年になく年末に大雪をもたらし、交通の混乱だけでなく停電で近くの避難所に身を寄せる地域もあった。死者も増えた。

何か地球が怒っているようにある。第二次世界大戦後、急スピードで発達していった社会に私たち人間は酔いしれていた。生活がどんどん便利になり、貧しい生活を強いられていた人々も懸命に働けば、そこそこに生活できる世の中になった。一部の金持ち、地位のある人しか行けなかった海外も、一般の人も行けるようになった。大分県では、当時の知事の提唱で始まった「一村一品運動」の中で、「梅、栗を作ってハワイに行こう」という掛け声があがり、当時は夢であった海外旅行に行った村もあった。

急な便利な生活は、人々が気付かぬ内に深刻な環境問題が育ちつつあった。ゴミ問題、大気汚染、水質汚染、環境破壊、人々の病気……。

その中で、私の周りの自然の営みは、変わっていないと何となく思っていた。ツバメやカモなどの渡り鳥は毎年訪れてくれるし、春になれば桜が咲き、秋になれば菊が咲く。冬、大好きななまこを楽しみ、ふきのとうに春を感じ筍探しに山に入る。秋にはさんまを焼く香りが、近所にも漂う。

ところが昨年の冬は、なまこが少なく、あっても値段が高くとても買えなかった。今年は早くから出回っているが物価高の影響だけとは思えない高額の食材になっている。

いわし、さんまを始め、漁獲量が極端に減った。

河には、外来種のウォーターレタスが河面を覆っている地域もあり、駆除に困っていた。一時、あっという間に広がった、せいたかあわだち草は、最近、日本の風土に馴染んだのか小型化し、すすきなどとうまく棲み分けている。外来種のタニシは、そのまっ赤な卵が独特で、稲の株元に産み付けられている様子は、異様な感じがした。食料として日本に持ちこまれたと聞いたが、その色を見る限り食べる気になれないし、何よりも稲に被害をもたらし、これも駆除された。それでも、たまに目にする時もあり、その毒々しい色にはドキッとして思わず目をそらしてしまう。

自然も変化しているのだ。徐々にだから、すぐには気付かないが、気付いた時は手遅れになっていたり、やっかいなことになっていたりする。

もう、昔のような自然は戻ってこないだろう。自然の変化に、私たち人間が順応して生きていくしかないのだろう。酷暑も極寒も耐えて生き延びることが進化なのかもしれない。私たちは、自然をとり戻すべく環境問題に取り組み、個人では小さな努力を心掛けているが、大病にかかっている地球を救ってくれるリーダーは、今のところ出てくる気配がない。今日も地球は怒り、嘆《なげ》き、喘《あえ》いでいる。

色

あなたは、どんな色が好きですか？　なぜ、その色が好きですか。身の周りのどの部分にその好きな色を取り入れていますか。その色は、あなたにどんな気分をもたらしてくれますか？

私は、自然を感じる色が大好きです。

透明な緑がかった青が好きです。青緑というか、碧、ひすい色、というか。カワセミの羽の色です。

沖縄の海の色です。底まで見える透明感で、緑と青が胸が痛くなる程の絶妙さで合わされ、少しゆれている色です。黒部川もこの色でした。少し青みが勝っていたようですが。

ブラックオパールの地色も青緑です。濃く暗く深海の碧（あおみどり）色です。なぜ、緑色が好きなのかと考えてみると、五月生まれだからでしょうか。自然が若々しい緑に覆い尽くされ、日に日に濃い緑になっていく中、生まれ、育ちました。緑は私のソウルカラーです。緑色を見ると山に抱かれ、青緑色を見ると海に漂っているように感じられ、自分が自然の一部になったようで、すごく安心した良い気持ちになります。

好きな青色に囲まれて過ごしたいという、本能的な思いがあるのでしょうか、青い花が好きです。特にオキシペタラムやネモフィラのような、薄いブルーが好きです。最近、ネモフィラを群生させる観光地が各地に現われ、多くの人が訪れるようになったことは、仲間が増えたようでうれしい限りです。と言うのは、英会話教室の友だちに、パンジーの苗をプレゼントした時のことです。人数分のいろいろな色のパンジー苗を取りそろえ、好きな色を選んでもらいました。そうしたら空色が最後に残り、結局、アメリカ人の先生がもらってくれました。

青色の花は淋しい感じがする、と、誰かが言っていたのを聞いたこともあります。

春、私の庭は青を基調とした花がいっぱい咲きます。空色のニゲラ、濃い青紫の千鳥草、それにネモフィラが狭い庭に青の世界を広げてくれます。ほとんどが落ちこぼれた種から育った花たちなので、自然な形で生えています。私の春の大きな楽しみの一つです。

緑色や青色は、家の中に取り込んでいます。濃い青色の中に小さな白い星が散らばっているカーテン。青を地色にして、ピンクや黄色の花、緑の葉が織り込まれたカーペット。緑色のソファカバー、椅子カバー、クッション。トイレマットは青色です。

夜、自分の好きな緑色のカバーぶとんで、眠ります。

断捨離

断捨離とは、「不要な物を断つ、不要な物を捨てる、物への執着から離れるの三つの原則をもとに、物を整理するだけでなく、暮らしや人生を整えていくプロセス。2009年に発売されたやましたひでこの著書で提唱された概念」と、三省堂のスーパー大辞林に書かれている。

私が退職する少し前から流行しはじめた言葉だ。私も退職して、生活が落ち着き始めた頃から断捨離を始めた。「捨てる、片付ける」ことを中心に、まず衣服の整理から始めた。近藤麻利恵さんの『人生がときめく片付けの魔法』を始め、断捨離の本もいろいろ買って読んだ。

捨てる時に一番抵抗があるのが、その物が持っている値段ではなく心だと思う。私は花の終わった植木鉢の中の元株さえ、捨てることができない。一所懸命、きれいに花を咲かせ、周りの人を楽しませてくれたのに、まだ生きているのにポイとゴミ捨場行きにすることができず、庭の片隅の人目につかない場所に置いておく。時が過ぎてやっぱり枯れた株には「ありがとう」と声を掛けて捨てるが、一季節《ひと》を枯れずに乗り越えた株は植え替えてやると、前年同様に花を咲かせてくれる場合もある。簡単に捨てるのは、その花の命とそれを愛した私の心を捨てるような気がするのだ。

これまで車を何回か買い替えた。その度に、それまで乗ってきた車に「ありがとう。あなたのお陰で大した事故にも遭わずに今日までできたよ」と声を掛け、別れを惜しんだ。新しい車がきて、自動車会社の人が乗って去っていく時は、屠殺場に引かれていく動物を見送るような気持ちだった。その時の私は見送り人の思いだった。車は見送られ人だ。車が死ぬ（破壊される）訳ではないのだが、私が愛したものが去っていく時の心だった。

先日、ラジオを聞いていたら、「たとえ相手が機械でもその前で悪口を言ってはいけない。必ずどこか壊れるよ。例えば、車を運転していて、ぼちぼち替えようかなあ、これも古くなったし、と言うとハンドルが効かなくなったりする」と言っていた。「車は、こちらの言うことを聞いている」とも言った。その時、ああ、私と同じように物にも心があると考えている人もいるのだと、嬉しく思った。

「断捨離」の「離」は、「物への執着から離れる」ことだが、私の、花の株や車への思いは、不要な物への執着だとは思わない。心がひかれ、思い切れない執着は、そのものを愛した心の深さだと思う。愛したものからは簡単に離れられない。時の流れを待つしかない。

「捨」を実行するには、大きなエネルギーがいる。物を捨てた後に心の安定を保ち心を支えるエネルギーがいる。そこで人は、「誰かにあげる」という方法をとる。

姉が、お気に入りで大事に着ていたジャケットを買い替えたいと思ったが、どうしても自分では捨てられない。そこで思いついたのが、妹（私）にあげようという考えだった（と私は推察する）。姉の申し出に、私は「ありがとう」と応えたが心の中では、姉の捨てられない思いが分かり、代わりに捨ててあげよう、とそのとき決めていた。ジャケットを受けとり、数ヵ月後、もういいだろうと、私の古着と一緒に紐でくくって、近くのゴミ出し場に出していた。すると、間の悪いことに普段はそこを通りかからない姉が、たまたま通ってそれを横目で見ていた。それをまた、私が見たのだった。私たちは、お互い、何も言わなかったが、お互いの気持ちは分かったと思う。
姉『やっぱりあんたも要《い》らないのね。代わりに捨ててくれたんだね』
私『そう、姉ちゃんには捨てられない思い（執着）があっても、私にはあのジャケットには思いはないから、ね』
「捨」は「離」がないと実行できないことが分かったと共に、自分がもう要らない、と思ったものを他の人にあげてはいけないことも悟った。あげた物だけでなくそれにこもっている思い（執着）も相手に渡してしまうことになるからだ。繊細《せんさい》な人はそれを感じ、気が重くなる。捨てられない思いに捕らわれ、自分では好きではない物までしまっておくことになる。「断捨離」の「暮らしや人生を整える」という目的に反することになる。自分で捨てられない物ほど、他の人に、渡さず、勇気をもって自分で処分する。それが「捨」である。
不要な物を断つ「断」が私には最も難しい。私には、不要な物と必要な物の区別がつかないことがよくある。きれいな物、すてきな物が大好きな私は、似たような物を持っていても、心ひかれて買ってしまう。バーゲンや割引きにも弱い。

なぜ、不要、必要の区別がつかないのか。それは、あれも欲しい、これも欲しいという欲望に弱いからだ。

私には、人形を蒐集する趣味がある。高価なものでなく旅行先で目に留まり、安価で買えるものを集めている。大工さんに作ってもらった三段の棚に並べられるくらいの数量で、大した蒐集家ではないが、それでも一つひとつに、思い出がこもっている。趣味で集めた人形は不用品ではない、と思うが、どうだろう?

不用品で多いのが服だが、整理を始めた時に、こんなに持っていたのかとびっくりするほどの量だった。一回目の整理だけで市の指定のゴミ袋に十個はあったと思う。思いのこもっている服は、一回の判断だけでは決めきれず、残しておいた。少し時をおいて、二回目、三回目と心のふるいにかけて減らしていった。ウォークインクローゼットの中の服は少しずつ片付いていったが、ある時から減らずに、反対に少し増えていたのだった。

その頃、私は通販で服を求める習慣がついていたのだ。お店で買う時は、一つの品を求めるのにあれこれと試着して一枚だけ買うが、通販は、一〜三冊のカタログを見て、気に入ったものを数枚買ってしまう。カタログの会社は、一枚でも買うと次からは季節毎に新しいカタログを送ってくる。求めるカタログの会社が増えると送られてくるカタログの冊数も増える。

初めの頃は、カタログを律儀に見て、好みのものがあると注文していたが、クロゼットの中が増えたのと、注文した服の中で思っていたのと違い、着ることがない服が多いことに気付き、通販買いは止《や》めた。

「不要な物を断つ」という、「断」は、私には難しい。自分の欲望を押さえ切れないからだ。

物への執着から離れ、不要な物を捨て、不要な物が欲しいと思う欲望を断つことは、人生の終わりの時期にある私にとって大事なことだが、なかなか、実行できない。

見送られ人

見送られ人《びと》が
旅立つ日
真の友は
黙して語らず

つき合い人《びと》は
多弁になり
多くを語る

心が疲れた時

あなたは　心が疲れた時
どうしますか
旅に出る？
海ですか？　山ですか？
それとも平凡な風景の田舎ですか？

そこで
あなたは　何が見たいですか
行く先の分からない船？
海と空の間を

行ったり来たりする白い海鳥？
ぼーっと見ていると
眼が吸い込まれてしまう
青緑の山？

枯木立は　やめましょうね
心も冷え冷《び》えとしてきますから

私は　心が疲れた時
鳥を見ます

のんびり浮かんでいるかもたちが
水の中で必死に水をかいているなんて
思うだけでいじらしくなります
ある日、夫が、かもたちに
「カモーン」と叫んでいました

しらさぎが体に似合わぬ大きな魚を
飲み込もうとしていました
飲み込めず、一度、ぺっと吐き出して
改めて、なんとか飲み込みました
そばで
子がもが見ていました

川の中の小さな岩の上で
一羽の鵜が
羽を広げていました
おれはコンドルみたいだろ、と
言っているようでした

灰色の大きなさぎが
川端のガードレールの上にいました

車で通りかかっても逃げません
哲学者のように考え事をしていました

三羽のハトが
車の前に出てきました
徐行しましたが逃げません
ゆうゆうと
お尻をふりふりモンローウォークで
横切っていきました

鳥たちを見た後は
心が
あったまっています

時間

1. 残された時間

今年（2022年）の春は少しお寝坊さんだ。目ざめかけては、またうとうと。でも、やっと梅の花も咲いたしチューリップも芽を出し始めた。

年をとると、時の流れを速く感じるが、ここ数年のコロナ感染対策のステイホームで、日々の歩みが遅く感じる。しかも、今年も冬は厳しくて、外仕事もままならず冬ごもりの日々だった。時間はいつもより、遅く過ぎてゆく。

物理的な時間の長さは、いつも同じだと思うが、その時間を過ごす内容で、長くも短くも感じる。興味あること、楽しいことをしている時間は、あっという間に過ぎ去るが、楽しい時を過ごしたという思いが残り、中味が濃くいつまでも覚えている。しかし、平凡な日々、特別な事のない日々の時間は、いつの間にか過ぎ去り心に残らず覚えていない。

私たちに与えられている限られた時間は、この瞬間も、刻々と過ぎ去っていく。

自分に残された時間がどのくらいあるか、誰も知らない、分からない。だから、残された時間を豊かに過ごしたいと思う。

したいことはいっぱいあるのに、思うようにできない日々や時間に焦る時もある。義理で出なければならない会合、いつも約束の時間を守らず遅れて来る人を待つ時間。私の時間を無駄使いしないで、と、思ってしまう。

病院で呼ばれるのを待つ時や、空港の出発ロビーで待つ時間、いろんな事情で飛行機が遅れ、搭乗時刻が遅くなっても腹は立たない。仕方ないと思う。しかし、会合のあいさつが長いといらいらする。会議内容が退屈で、進行がもたもたし、時間通りに終わらないとやはり、いらいらする。一人の遅刻者の為に、会を始められないと、その人に怒りさえ覚える。

同じように消費される時間だが、病院や空港での場合は、目的がある必要な時間で待たせる側のせいではないが、あいさつは、そのほとんどが、自分の言いたい事を長々と、一方的に押しつけていることが多い。会議では、司会者と出席者が一体になって話し合えば、てきぱきと進行し、時間内に終わるものだ。相方が、自分と相手の時間を無駄使いしているように感じる。会合で、他の人を待たせるのは言語道断である。一人一分待たせても、十人待たせれば十分の時間が無駄になる。遅れそうな時は、前もって知らせ「先に始めて下さい」と、何らかの方法で伝えるのが、常識であろう。時間泥棒になってはいけない。

自分の時間を大切にするように、他人の時間も大切にしてほしい。

2．有限の時間

十一月二日は、母の祥月命日だ。両親は、どちらも84歳で亡くなった。母は父より11歳、年下だった。

二人のDNAを受け継いでいる私も、その年令まで生きられるとすれば、あと、十年ほどある。十年は長いようで短い。桜の花をあと十回、見られる年数だ。

若い頃は、老いること、死ぬことはずっと先のことだと思っていた。毎日を大切に生きるというより、その日一日、その一週間、その一年をどう過ごすかしか、頭になかった。毎日は、刻々と流れていくが、私は流れゆく先のことより、当面の仕事を片付けるのにせいいっぱいで、時間に追われる日々だった。

しかし、宇宙は無限に続くかもしれないが、命あるものにとっては、時間は有限である。お金や物は無くなっても、働いて工夫すれば補充できるが、人が生きていられる時間は、減っていくばかりである。生まれた瞬間から命のカウントダウンは始まっている。今、自分にどれだけの時間が残されているのか、分からない。

私は三十八年間、小学校の教員として働いてきた。当時教員の労働時間は、大体、朝八時から夕方五時までで、間に休息、休憩時間が合計一時間あった。しかし、子どもたちが登校してくると下校まではほとんど共に過ごす。休息時間に職員室に行っても、同僚と打ち合わせをしたり、印刷したり、次の授業の準備をしたりと、席に落ち着くひまもない。採点や原稿作りの持ち帰り仕事も多く、授業研究などは家でないとできなかった。地域の会合に、夜も出かけることや、日曜日に振り替えなしで勤務することもあった。教員の超過勤務がマスコミなどでとり上げられることもあるが、私は小学校勤務なのでましな方だった。世間にはもっとひどい条件の職業もあるだろうが、普通のサラリーマンと違う点は多かった。

子どもたちが成長していく様子を見られる仕事に、楽しみややりがいはあったが、精神的にきつい時期もあり、その時は心療内科に頼った。

教員生活を終え、教員長にあいさつに行った時、「何よりも出会った子どもたちに、一人も亡くなった子どもがいなかったことが、一番、良かったです」と報告した時、三十八年間の思いが込み上げ、涙がぽろぽろっと落ちてきた。

教員生活の中で、自分の為に過ごす時間、趣味の時間、自分を磨く時間が少なかったように思う。

読書やガーデニングは、家で空いた時間にできるので続けられた。しかし、庭は草がはびこり、長期の休みにやっと少し、見られるようになる程度の草むしりができた。若い頃に生け花、中年になってから英会話と、少しは自分磨きの時間もあったが、日曜日にどこか一日、遊びに行くようなことは、ほとんどなかった。一週間のたまった家事をして、体を休めるのがせいいっぱいだった。

しかし、英会話を始めて、初めて海外旅行に行き、英語の必要性を感じた。そして、その時、『海外にまで仕事はついてこない！』ことに気付いたのだ。それまでは、自分がいないと、自分に関する仕事がまわらず、周りの人に迷惑をかけると勝手に思い込んでいたのだった。

それからは、長期の休みを使って海外に出かけるようにした。まず、年末年始は仕事の電話はかかってこないので、安心して出かけられた。子どもたちが休みに入ると、子どもたちの心配はしなくていい。あとは、自分の仕事を早目にすませておけば、周りに迷惑をかけることも少ない。

年次有給休暇が二十日間、与えられるが、毎年、ほとんど使っていないので、二十日間の繰り越し、合計四十日という年休の時間があった。夏は、海外の語学研修に当て、アメリカ、オーストラリア、イギリスと、国を変えて英語の勉強をした。イギリスでは、帰りの飛行機にトラブルがあり、ヒースローに一泊、韓国のインチョンに一泊という、おまけがついた。二学期の始まりのぎりぎりまでの計画だったので、ひやひやしたが、どうにか間に合い、ほっとした。

仕事、仕事で終わったかもしれない三十八年間の現役の時間に、この海外体験の時間は、私の限られた人生に、大きな喜びと充実感を与えてくれた。

退職を迎えた時は、『ああ、もうこれで、毎日、自分のしたいことができる。自分の為だけに時間が使える』と思った。その時もまだまだ時間はたっぷりあると思っていた。

あれから十数年、私は現職の間、したくてもできなかったことに時間をかけて取り組んでいった。書道、英会話、太極拳、ガーデニング、家の片付け、掃除、手抜きしない料理、そして海外旅行。あと三日で63歳になるという日に入籍（結婚！）もした。70歳を過ぎる頃から、体力がだんだん衰え、体の動きが鈍くなってきたのに気付き、それまでは頭の中で漠然と考えていた人生の残り時間を、はっきりと意識するようになった。

有限の時間は、終了に向かって刻々と過ぎていく。私が人生の終了時間を気にせず生きてきた七十年間に出合った出来事、出会った人々、変化していった社会事象、現象は、心の奥底に記憶として埋もれている。これからの終了時刻までの時間も、同じように生きていくのだろうか。

リユース、リフォーム

英会話教室の友人がすてきなコートを着てきた。「すてきね。とっても似合っているわ。色も形もあなたにぴったりね」と言うと、彼女は、「これ、何十年も前のよ。ウェストラインを補正したの」と答えた。

彼女の趣味の一つは、衣服を自分で作ることだ。いつも、センスの良い服をセンスよく着こなしている。尋ねると、私が似合っているな、と思った服は、たいてい手作りのようだ。時には型紙から起こす場合もあるらしい。

先のコートは、織りや地色も地味で、デザインも特に奇抜でなく落ち着いた雰囲気で、それが彼女の感性の鋭さを偲ばせた。ちょっと、ウェストを細くしただけというが、それが見事に今風に変容していた。

先の「進化?変化?老化?」のところで述べたもう一人の友人も、古い物を同じようにリユースした例だが、受ける感じが全く違う。彼女も若い頃穿《は》いていたパンティストッキングを、つま先を切ってタイツ風というか、スパッツのようにして、再利用《リユース》していることは同じだが、コートの彼女は格好良く見え、タイツの彼女は、表現が悪いが、やぼったく思えるのだ。タイツ彼女も、普段からすてきな服をよく着てくる。お嫁さんからもらった、昔の服を引っぱり出して着ている等言っているが、彼女もセンスは悪くない。どこが違うのだろう。

一つは、手を加えたかどうか、だと思う。コート彼女は、出来上がりや見栄えを考えてコートを新しく生まれ変わらせた。一方、タイツ彼女は、機能だけを再利用している。何かの折に他人に見られるようなことがあると、そのやぼったさが恥ずかしく思えるだろう。もし彼女が、切ったタイツの先に、レースなどぬい付けておしゃれ心を付け加えていたら、その一手間でやぼが垢抜けた物に変わっただろう。

今一つは、再利用の目的だ。コート彼女は、古い物を今でも通用するように変化させた。それで自分はもちろん、他人にも心地良さを与えた。タイツ彼女は、自分はすごい事を思いついた、まだまだいける、と思ったらしいが、聞いた私は、『タイツの切り口を見た人は、どう思うだろう。確かに暖かく、穿き心地はいいだろうが、見栄えがちょっとね』と思いタイツ彼女が身なりに気付かなくなったのが残念に思われた。

女性が、身なりに気を使わなくなるということは心が老化したということだ。

心のリフォームも、常に心掛けたい。

六十パーセント

２０２３年の箱根駅伝は、駒沢大学が、往路復路共に優勝し、総合優勝した。活躍した選手、涙を流した選手、控えに終わり、チームを支えた選手、それぞれにドラマはあったが、この経験は、これからの彼らの人生に大きく関係してくるだろう。

駒大の選手で、十二月にコロナに感染したが、それを乗り越えて走り抜き、次のランナーにたすきを渡した選手がいる。強靭な精神力と冷静な判断力を持った人だと思った。彼は、自分の体力と、自分が走らねばならぬ距離とコースを考慮しながら、始めから六十パーセントの力を持続して走ったと後に語った。そして見事に順位を落とさず後続のランナーへたすきを渡した。

私たちは、ふつう百パーセントの力を発揮することをアスリートに期待する。「がんばれ、がんばれ」と応援する。しかし、百パーセントの力は、いつでも出してよいものではない。百パーセントは、自分の体力の限界の力だ。しかし、人はその限界の力を出してしまうことがある。そこで目標まで行ける人もいるが、途中で倒れてしまう人もいる。その違いは、どこで生じるのか。

　実際、励ましの言葉を受けると、力が増してくる人もいるが、それまで百パーセントの力を出していなかったことになる。しかし、ある程度の余裕を残してギア、アップしないと長続きしない。そこが、アスリートが自分の限界との駆け引きになる。パンパンに膨らました風船は、ちょっとしたはずみで割れてしまうが、八十、九十パーセントの空気を入れた風船は、簡単には割れない。

　人生も平坦な道ばかりではない。どこまでも続く登り坂や、険しい山道、急な下り坂、むしろ困難な道の方が多い。そんな時、渾身の力をふり絞って進むと、突然、何か思わぬ出来事が起こった時、立ち向かえない。一歩、一歩、周りを見ながら六十パーセントの力で進むと、長くがんばれる。

　力を出す案分は難しいし、考え抜いてやったことも、結果次第で悔いが残ることもある。心に余裕を残して事に当たることも、つまり六十パーセント位の気持ちで生きていく方が、よいようだ。

異変を感ずる力

今年もまた、庭に千鳥草やニゲラの花の苗が芽を出し、冬の寒さに耐えている。霜の降りた朝には、パリンと凍って見るも痛々しいが、朝日が射してくると、何もなかったかのように、いつもの姿になる。強いなあ、と感心する。そして、気が付くと、少しずつだが大きくなっている。今年の春も、青色の庭が望めそうだ。

自然の営みは、毎年変わらないように思うが、何かの折にふと、その変化を感じる。変化の原因は様々だろうが、人や社会が変わったせいもある。地球の温暖化が、その例だ。今、人間は慌ててその対策に取り組んでいるが、果たして間に合うかどうか。また、どこまで本気で取り組んでいるのかどうか。

私が住んでいる佐伯市は、大分県の南の端にある。大分市まで出るのに、以前はすごく時間がかかった。自動車やバス、汽車で行っても、一時間半以上はかかった。自動車道ができてから、やっとその半分位の時間で行けるようになった。

人間は、便利になった、良かった、良かったと喜んでいるが、その為に山は崩され、木は切り倒された。そこに住んでいた動物たちは住処を失った。

人間の利便性の為に自動車道が造られる。その結果、山が崩され、土砂災害が起こりやすくなり、人家や農地に被害が出る。住処や、食べ物を失った動物たちが、里に下りてきて、畑を荒らし、時には人に危害を加える。

自明の理だ。私の家でも動物の被害はいろいろとあった。畑の作物を小動物や猪に食べられた。里芋を掘りかえされ、ピーナッツを食べられ、さつま芋の葉まできれいに食べられた。我が家の家庭菜園がある場所には、広い範囲で猪よけのフェンスを張り回してあるにもかかわらずだ。仕方なく、畑に電柵を取り付けた。

山際にある我が家には、山の動物たちが、たまに出る。

庭木の新芽が食べられた。夫は、「鹿が食べたのだろう」と言っていた。また、「栗の木の下を、うり坊（猪の子ども）が、三匹、歩いていた」とも言った。

私は、庭の隅をきつねがこっそり横切るのを見た。すももの木の下から、隣人の畑へこっそりと逃げていくたぬきの後ろ姿も見た。庭先のケーブルテレビの電線の上に猿がいるのを見た時は、驚いて、夫を呼んだが、夫が家から出てくる前に電線を上手に伝って、上の山に逃げていった。後で考えて、猿と目を合わさずに良かったと思った程だ。わが家はまるで野生の自然動物園のようだ。

ミカン色の毛のイタチが、毎年、一度は出てきて、そのかわいらしい姿を見せてくれる。昨年は、なぜか現れなかった。なぜだろう。いつも来るイタチに何か異変があったのか、それとも、イタチの個人的な事情か。

植物にも変化がある。

畑にオリーブの木を二本植えていた。私の背を越す程に大きくなり、花も咲いたので実になるのを楽しみにしていた。早々とオリーブの実の漬け方の本まで買った。しかし、花は実にならず、二本とも枯れてしまった。若木のうちに、一度も実をつけないまま、突然死のように枯れてしまった。

畑に柳を二本植えていたが、これも気付いたら枯れていた。木には、よくある現象かもしれないが、私には初めての経験だったので、異様に思えた。

多年生植物の中で、同じ場所を嫌い（一年生植物では連作障害に当たる）、根が少しずつ移動していく植物がある。そして、いつの間にか絶えてしまう。毎年、同じ営みを繰り返しているようだが、植物も少しずつ変化している。それが、自然なのか、異変なのか、すぐには分からない。

私は空色のパンジーが好きで、毎年、鉢やプランターに植え、春の青い庭作りに一役、買ってもらっていた。玄関の右手に青色系、左手に赤色系の鉢を並べ、楽しんでいた。それが、昨年の秋、パンジーやビオラの苗を求めた時、空色が見つからなかった。その店だけかと思い、行きつけの苗屋を三、四軒、回ったが、見当たらず入手できなかった。パンジーの種は、夏の終わりに播くが、空色だけ芽が出なかったか、出ても育たなかったと思われる。前年の夏は、いつにも増して猛暑、酷暑だった。四十度超えの報道が、あちこちの地域で聞かれた。気象の異変が、空色のパンジーにまで影響を及ぼしたのだろうか。

自然の異変は、食べ物にも及んでいる。

私は、なまこが大好きで、毎年、数回は袋入りで買ってくる。ところが、昨年の冬は一度も食べられなかった。高価だったのと、それ以上に店に出回らなかったのだ。昨年までは、一袋四、五百円で買えた。ところが、昨年は千円以上した。もう少し、安くなるまでと、待っているうちになまこのシーズンは終わってしまった。

今年は物価高で、昨年以上の値段で二千円前後となった。高級食材となったなまこ、今年も食べられそうにない。

鰯や秋刀魚が高くなったのは、ごく最近のことではない。大衆魚と言われ、庶民の味方の魚が捕れなくなったのは、海流の変化によるものだ。何百年の間、ほぼ一定の流れをしていた海流が、近年になって変わってきたと言われる。

しかし、海流の変化で漁獲量が減った例は以前にもある。歌にも歌われ、世間の人が広く知る程の鰊の例である。第二次世界大戦前までは、北海道沖で大量にとれ、その卵は、正月料理の定番の数の子となり、庶民の食卓を賑わせてくれた。

私の小さい頃、1950年代には、減少したとは言えよく食べたものだった。それが、その頃を境にどんどん漁獲量が減ったのだ。一時は、鰊御殿が建つ程、とれていた鰊が来なくなったのも、海洋環境の変化、特に、冬季間の温暖化のためだと言われる。また、日本の、量を追い求める漁の形態、資源の回復力の過信が問われ、日本の漁業の在り方を探る要因の一つにもなった。

今、私たちが食している数の子は、カナダ産、アメリカ産がほとんどだ。ロシア産も見たことがあるが、ウクライナ問題のためか、さすが昨年、2022年は見かけなかった。

七十年も前に、地球の海流の異変を感じながら、人間は何をしてきたのか。1950年といえば、戦後の復興で一所懸命で、環境のことを考える暇などなかったのか。海流の変化は、地球温暖化による人間が二次的にもたらしたものであるが、人間が直接、被害をもたらしたものもある。

水俣病や四日市喘息、イタイイタイ病などの公害病である。これらの公害病は1953年頃から1970年頃にかけて、各地で人々に被害を与えた。

水俣病は熊本県の水俣湾や新潟県の阿賀野川流域の人々へ、近くの工場からの有機水銀のたれ流しが原因である。

イタイイタイ病は、富山県神通川流域に発生。鉱山廃水に含まれるカドミウムが体内に蓄積したため、１９６８年に公害病第一号に認定された。

四日市喘息は、この地域の大気が、工業団地から排出される高濃度の硫黄酸化物によって汚染されたことで引き起された気管支喘息である。１９７２年に公害病に認定された。

いずれも、人間の生産活動や消費活動により、発生した病気で、一度、患った人は、死ぬまで苦しめられた。

これらの公害病を機に、「公害防止組織整備法」（１９７１年制定）など、公害防止に企業や地方公共団体が取り組むようになり、以降、工場立地条件等が厳しくなったが、被害に遭った人々には間に合わない。社会環境に、人々の目を向けさせるための人柱になった、と言っても言い過ぎではないだろう。

地球を守ると言いながら、地球を破壊しているのが人間である。自分の生活の豊かさの為に地球の資源を使い果たし、自然を壊している。人工的に整備され、美しく飾られた都会にあこがれ、便利のよい環境に住みたいと願いつつ、一方で田舎の自然に囲まれた生活も捨てがたい。生活基盤は、スマートでクールな都会におき、緑と心豊かな田舎で週末や、休暇を過ごせたら最高だ、などと自分勝手なことを願うのだが。

本当に、未来の地球を守りたいなら、昔の自給自足の生活に戻るのが一番だと思う。足るを知り、多くを求めず、野生の動物のように生きる。一般の人生には無理だろう。でも、そうすれば、自然と共に生きれば、異変にいち早く気付く感覚がよみがえってくるかもしれない。地震が感知できる小動物のように。

異変を感ずる力も、最近の尋常でない自然現象や社会情勢の異変、人間の心の変化に気付く、地球規模の副反応かもしれない。

こだわりI

人は誰でも、何かに対してこだわりをもっている。

私のこだわりは、靴である。

私は昭和24年の生まれである。第二次世界大戦で、日本が負け、徹底的に叩きのめされ、立ち上がり、社会がようやく回復の途についた頃である。幸い、住む所はあったが、田舎でよそ者の両親には、耕す畑もなかった。食料も衣服も不充分な中で、私は幼年期を過ごした。

　そんな中で、私はズックでない靴にあこがれていた。読本も雑誌も充分手に入らない時代の子供が、どこでそのような靴の存在を知ったのか分からないが、ださい布製でない、おしゃれな靴を欲しいと願った。

　ある日、父親が、青色のスマートな靴を持って帰ってきたのだった。町に出た折にでも買ったのだろう。その、おしゃれな青い靴だけを覚えている。小、中学生時代、ふだんは、どんな靴を履いていたか、記憶にない。

　高校は、大分市の県立高校に通った。最寄りの菅尾《すがお》駅から、片道、約一時間の通学を三年間した。入学の時母親が制服の他に、レインコートと雨靴も用意してくれた。暗緑色のお揃いだったように記憶している。雨の日が待ち遠しく、少しの雨の日でも着ていった。しかし、それだけの記憶で、後《あと》は覚えていないところをみると、あまり気に入らなかったのかもしれない。菅尾と大分では汽車で一時間ほど離れているから、菅尾が雨でも、大分市は晴れていて、恥ずかしい思いでもしたのだろう。五十五年も前のことだから、当時の自分を推察するしかない。

　大学生になると、自分で靴選びもでき、布製の靴も履かなくてよくなった。

　ある日、商店街で、エナメルのような光をもった赤い靴を見かけ、安価だったので喜んで買った。ところが、歩いてみるとどうも具合がよろしくない。我慢して履いていたが、数日で諦めた。太股《ふともも》の内側の筋が痛くなるのだ。靴の大事な要素に「履き心地」があり、大きさや見かけより重要だということに、初めて気付いた。

ハイヒールを履いてみたこともあったが落ち着かず、三、四センチの高さのパンプスが、私には一番履きやすいことがわかった。

ウォーキングシューズでなく、パンプスやかかとの底が平たいカッターシューズに、なぜこだわるのか。それは、私がズボン（パンツ）よりも、スカートにこだわったからだと思う。スカートに、ウォーキングシューズは合わない。スカートから出た脚には、足首から足の甲の部分が出た方がすっきり見える。それに戦後のズック靴の野暮ったいイメージが拭い去れないのだ。

布靴が嫌いなのではない。一時、布製のカッターシューズを履いていたこともある。黒地のそれは、レースと小さなバラが数輪あしらってあり、カタログで見たのだがすぐに注文した。届いた靴は、思った通り私のお気に入りになり、しばらくして二足目を注文し、灰色地が出た時も即、購入した。ところが、その後、廃番になったのか、カタログに出なくなり、残念な思いをした。

三十代の頃は、膝下まであるブーツも履いた。それも、ふくらはぎから足首、つま先までと、きゅっと締まり、脚をすっきり見せた。「足首すっきり」が私のこだわりのようだ。

茶色の半長ブーツも、私のお気に入りで、かかとのゴムも修理し、元の茶色も具合よく抜けているが、数十年、履いている。

靴にこだわるのは、その上に着る服を、スカートにこだわり、足首をすっきりしたいからだろう。

こだわりⅡ

私のこだわりは、今一つあって、それは「薬味」である。

子どもの頃から珍しい食べ物に興味があり、何でもよく食べていた。

ある時、母がどこからか手に入れた、塩漬けのふか（鱶）の腸《わた》を出した時、その外見から、姉たちは手を出さなかったが、私は食べてみた。ちょっと塩辛かったが、ご飯のおかずには合うと思った。うるかも、その苦みがいいと思ったかどうか覚えていないが、平気で食べられた。母が、「ふかの腸《わた》もうるかも、酒の肴にぴったりだから、この子は、将来酒飲みになる芽があるのかもしれない」と言っていた。

せりやノビル、ふきのとう、山椒、青じそ、何でも食べられるというより、大好きだ。むしろ、ねぎの入っていないみそ汁、すりしょうがや青じそののっていない冷やっこは、考えられない。

自分で料理をするようになると、薬味は、必要不可欠なものとなった。

ある日、姉たちと食事していた時に、吸い物に浮かせてある山椒の若芽を食べたら、「山椒は香り付けに入ってるだけやろ」と言われた。

レストランで、ポテトサラダなどに添えてあるパセリを、大抵の客が残すのが不思議だった。私は必ず食べていた。しかし、ある店で、天ぷらに添えてあったもみじの葉は、なぜか食べなかった。山椒やパセリは食用として植えてあるが、もみじ（カエデの葉）は、観葉としてあると思っていたからだろう。何年か前、料理にあしらっていたアジサイの花を食べて、客が中毒症状を起こして問題になったことがあった。皿の上に乗っていたら、何でも食べられるとは限らないと思った。

春になると、一番にふきのとうを探しに行く。まず、みそ汁に入れる。てんぷらにする。ふきのとう味噌を作る。

山椒の若芽が出ると吸い物に入れる。酢味噌に入れて、ゆでたわけぎにあえる。

三つ葉は、みそ汁や納豆の薬味。晩春の頃になると、大きくて太い軸の三つ葉になるので、炒めて卵とじにする。

せりは、子どもの頃は田んぼに採りに行っていたが、最近はせりの生えている田んぼが少なくなった。代わりに、わが家の小さな、めだか用《よう》の池には、水面が見えない程、びっしりとせりが生えている。一度、鉢に植えてみたが、うまく育てられなかった。池は肥料を入れてやればもっと丈夫なせりになると思うが、夏に、たまにめだかの姿が見えるので、それはできない。せりは、みそ汁や、納豆に使っている。

これらの春の薬味用植物は、我が家で採れるので、買うことはない。店のより小さくて形は悪いが、緑が濃く、香りも味も濃い。

夏の主役は青じそで、出番が多い。ねぎ、しょうがは一年中。みょうがは初夏と初秋、二回、収穫できる。店に出回り始めた時に、畑に行くと見つかる。

青じそは、秋の初めに穂が出始める。てんぷらにするとおいしい。しその実ができると水に一晩、浸《つ》けてあくを抜き、しょうゆに漬けると、しその実漬けとしそしょうゆができる。

赤じそは、夏に梅干しを作る時に使うだけでなく、クエン酸を入れてしそジュースを作っておく。

にんにくは秋に植え、芽が出て葉が十センチメートル位から、利用できる。葉を刻んでしょうゆに漬け込んだり、カレーを作る時に炒めて使ったりする。花芽は収穫して豚肉などと炒めると、中華風の炒め料理になる。初夏に収穫して、軒下などに束にして吊るし、乾燥させておくと、秋まで、いろいろな料理や保存食ができる。にんにく味噌や、しょうゆで煮詰めた佃煮は、常備菜として役立つ。たくさん収穫できたら、黒にんにくも家庭でできる。変わったところで、にんにく卵黄を作っていた時期もあった。これは、かなり時間がかかり、手間がかかる。時間はかかっても簡単にできる黒にんにくの作り方を覚えてからは、毎年、そちらを作ることにした。

しかし、栽培がなかなか上手にできない。栽培担当は夫なので、本で調べたり農家の人に聞いたり努力してくれているが、原因の分からないことが多い。

昨年は、玉ねぎもにんにくも、赤サビ病にかかって満足な収穫ができなかった。結局、大量の肥料と予防薬を使わないと、市販のような立派な作物はできないようだ。しかし、家庭菜園の一番の良さは、化学肥料と農薬をできるだけ使わないことにある。実が小さいとか形が悪い、虫がついている等は、当たり前と思うことにしている。

私のこだわりは、何でも興味をもって取り組むことだ。農家の人のように、市販の物のようにできなくていい、自分なりに作れる物は自分で作ることだ。

薬味の材料も、店で買うのでなく、自分の家で育てるのが、私のこだわり。

薬味も一種類だけでなく、何種類も使うのもこだわり。朝の納豆に、ねぎ、青じそ、みょうがを刻んで入れ、それに大根おろしと山芋のすりおろしをのせ、更にちりめんものせる。もちろん、からしも忘れずに。一パックの納豆が、結構な量となる。これも、私のこだわり。

ここまでくると、納豆をおいしく食べるのに、薬味を加えているのか、薬味を楽しむために納豆を使っているのか、分からなくなる。

本末転倒だ。

人の進化

科学は進化発展するが、人の心は進化しない。いつも堂々めぐりを繰り返している。

歴史は、文字で記載されて、初めて歴史と認められる。つまり、記載した人の地位や、その学識、その立場、そして、その人の主観で語られてきた。日本だけでなく世界でも、その時代のリーダー的存在の人から見た社会が、歴史として伝えられてきた。日本で言えば、農民や商人から見たものは、ほとんどない。

だから、書いた人によって歴史は、変わっていく。また、主観で語られることが多いので、一《いち》人物像が、語る人によって大きく変わる。もともと、人間はいろいろな面を持っているので、その人との係わり方で違って当たり前だろう。よほどの悪人でない限り。

歴史の中で、人物や周りの状況は、少しずつ変化していく。利便さを求めて、人々の生活や服装などは、少しずつ変化していった。新しい発見や発明があると、大きく変化する部分もあるが、それほど大きな変化はなかった。特に、日本では江戸時代、大きな戦《いくさ》がなかった三百年間の鎖国時代は、十年一日の如くというか、百年一日のような日々が続いた。

日本が明かりとして、油を発見して以来、明治に外国からもたらされた電灯の存在を知るまで、ずっと使い続けてきたことを、ある外国人英語講師から、「日本人は、発想力がないが、真似はうまい」と言われ、屈辱に感じたことがあった。彼はまた、「日本人は何百年間も灯油を使い続け、不便に思わず、灯油に代わる物を発見しようともしなかった」と言った。

確かに、エジソンの白熱電球の発明を始め、外国の科学の発達は目覚しいものがあり、日本はその間、惰眠をむさぼっていた感がある。しかし、三百年間、戦らしい戦いをせずに、過ごした国が、他にあっただろうか。

便利さや豊かさを追求した科学の発達が、人類に幸福だけをもたらしただろうか。科学の発達と並行して、経済、富の豊かさを追い求め、他人を出し抜くことを優先し、人より豊かになることだけを考える。

持てる者と持たざる者、貧富の差は大きくなり、道徳性や人間性が失われた社会となっていった。

江戸時代は、士農工商といった身分制度があり、貧しさにあえぐ人たちもいたが、精神力は保たれていたように思う。貧しくても、道義や社会倫理は保たれていた。村八分という制裁でさえ、葬式と火災の場合、人の死に関わる時には仲間はずれにしなかった。

学問も、寺小屋があり、庶民の子女が、手習い、読み方、そろばんなどを学ぶことができ、当時の教育水準は世界の中でも、高かったと言われる。

日本が戦国時代から江戸時代にかけて、ヨーロッパの国々はアフリカ、アジア、アメリカ新大陸に進出し、17世紀以降、多くの国を植民地にしていった。そんな中で、日本もオランダと交易をしたが、よく植民地にされなかったものだと思う。日本は誇りをもって、相手国と対等につき合っていたからだろう。時の幕府の重臣が偉かったのだと思う。その後も、日本は、江戸時代の終わりと第二次世界大戦後と、二回、外国の支配下に置かれかねない時を乗り切ってきた。これは、日本人が誇ってよい歴史事実だと思う。

明治以降、世界の文化文明の発達に驚き、世界に「追いつけ、追いこせ」「富国強兵」策を、日本は進めた。確かに、生活は便利になり、庶民も豊かとは言えなくても、飢えることとなく暮らせるようになった。しかし、日本は、近隣の国やアジアの国に進出し、武力で治めようとする、一部に誤った考えを持つ指導者も出てくるようになった。その為、外国の多くの人々を苦しめ、日本国民も苦しめてしまった。

人間に幸せをもたらすはずの進化、変化が人間を苦しめる結果となった。

科学は進化、発展するが、人の心は進化しない。むしろ、道徳や倫理、人の幸せを願う精神、高い志《こころざし》を失わせる。

人より持ちたい、人より上に立ちたい、人を支配したいという心より、みんなと協調し、自分を含めみんなの幸せを願う心にならない限り、戦争はなくならない。太古からの殺し合いがなくならない限り、人間は進化したといえない。

言葉・言葉使い

SNSで、「二度と話をしたくない人の三つのこと」というのを読んだ。
1．言いたいことを一方的に話す、エゴのたれ流しの人
2．使う言葉や言葉づかいが荒く、相手を下に見る、慢のたれ流しの人
3．嫌味や余計な一言を言い、言葉に棘のある、瞋《じん》のたれ流しの人
とあった。話す相手の人の心の問題で、「心は水のようなもの、解けているものが（言葉として）出る、とあった（あるお寺のお坊さんの言葉と記してあったが、残念ながらメモしていない）。

これまで、七十年以上生きてきて多くの人と出会い、話をかわしてきた。停年になる数年前に、ある小さな学校に赴任した。児童数も職員数も少なかったが、毎日が楽しく気持ちよく過ごせた。ふとある日、その小学校に勤務してから、子どもたちを叱らなくなった自分に気付いた。以前は、厳しい先生、怖い先生、と言われたこともあったが、その学校では、毎日笑って過ごしていた。子どもたちの純真な心が水のように解け出して私の心に反映したようだ。それまでの学校の子どもたちが、純真でなかったという訳ではないが、大勢の中には、厳しい状況の子どももいて、どうしても

強く指導しなければならないときもあった。教師として、厳しい態度をとらねばならないときに、優しい笑顔は浮かんでこない。そんな自分が嫌だった。

小さな小学校で、いつも笑っている自分に気付いた時、私は笑顔を引き出してくれた子どもたちに感謝した。私の優しい部分を、私の良い点を、引き出してくれてありがとうと。

言葉や言葉使いは、その人の心を表す。話す内容や話し方にも、その人の心が解け出している。

言いたいことを一方的に話す人にときたま出会う。話す内容は、大体いつも同じで身内のこと、自分の習いごとや持ち物などの自慢が中心である。こちらから話題を出してその事について話したいと思ってもいつの間にか、話の中心が彼女自身の話になっていて、こちらは聞くばかりで話にならない。しかし、彼女の良い点は決して人の悪口を言わないことだ。

言葉が荒く相手を下に見る人は、たいてい男性のようにある。目上の人が多いのも特徴的だ。

退職後、公民館活動で書道を習っていた時期があった。ある日、私が小筆で名前を書いている時、指導者が側に来て「そんな書き方、誰に習った」と、叱るように言った。「父に教わりました」と答えたものの、なぜ、注意されたのか分からなかった。私の書き方が悪かったのだろうが、それ以上の指導はなかった。

また、これは私の偏見だが、女性が自分の父や兄のことを、「おやじ、あにき」と言うのに、どうも馴じめない。まして、上品そうな女性から、その言葉を聞くと、がっかりする。

嫌味や余計な一言を言い、しかも言葉に棘のある人とは、本当に、二度と言葉をかわしたくない、と思う。

ごくたまにだが、こんな人に出会うと、「ああ、この人はなぜだか知らないけど、私の事を嫌っているな」とびんびん感じる。

大学生の時、ある本に載っていたバラの刺しゅうがきれいだったので、複雑な部分を省略して下描きを作り、ハンカチに刺しゅうして持っていた。それを見たある学生が、「自分で描《か》いたの?」と聞いた。私は、真意がよく分からなかったので、しばらく考えてうなずいた。私は、初めて、「自分でデザインしたのか?」という意味だったと悟った。私を見た。他日、彼女は、同じ本を持ってきて、黙って私に示し、じっと彼女は、私が本のデザインを真似て描いたのに気付いていて聞いたのだ。顔見知り程度の人だったので、言い訳をする気になれず、私を嘘つきと思っただろうが、放っておいた。理由は分からないが、私を嫌っていることだけは感じた。言葉には出さなくても、態度に棘のある人は、二度とつき合いたくない。

ある有名な女性アナウンサーが、若手の女性アナの集まりに参加している番組を見た。彼女は、容姿も優れていて、司会でも頭の良さ、会話のセンスの良さも抜群だった。いつ見ても感心していた。

ところが、その番組を見て、「おやっ?」と思うできごとがあった。一人の女子アナが、「〇〇さん（有名アナ）、これ、何だかわかります?」と胸にかけていたペンダントを示して、有名女性アナに尋ねた時、彼女は顔をこわばらせて、「知らないわ。そんな物」と答えたのだ。若い女性アナは、さりげなくペンダントの説明をして、番組は進んだのだが、それまで彼女を『やり手だがすてきなキャリアウーマン』と思っていた私は、『やっぱり』と、感ずるところがあった。

彼女は、大きな歌番組の司会に抜擢された時、一緒に司会をしていた女性タレントを凌ぐほどの衣装を着て出たのを、後で指摘されたことがある。

また、アメリカの有名な男優が来日した時、誰が彼にインタビューするかと取り沙汰され、結局、彼女が選ばれた。そのことを冗談交りながら、自慢しているところが放映された。

それでも、彼女は、本当に実力のある人だから、と、私は、彼女を庇《かば》いつつ見ていたのだ。

しかし、この若手女性アナいじりには、がっかりした。ベテランは若手を育てなければいけない。ペンダントアナの態度が、礼を失し、場にふさわしくないものであったなら、彼女が恥をかかないよう、それとなくフォローする受け応えをするべきであった。

その番組を境に、私の彼女を見る目が、違ってきたのは、仕方ないと思う。

一度、口から出した言葉（心）は、二度と取り戻せない。周りに与えた印象は変えられない。言葉を変えるのでなく、心を入れ替えた時に初めて、言葉も変わる。

今時の若者は……優しい！

四、五日咳が続き、微熱もあったので病院へ行った。咳は、朝がほとんどで日中は余り出ない。夕方になるとまた少し出る。大したことではないようだが、私は間質性肺炎に罹ったことがある。治療に半年程かかり、薬の副作用でムーンフェイスになった。それでなくても丸顔で下ぶくれの私は、人前に出るのが恥ずかしくて、なるべく、人に会わないようにしていた。その時、治療にあたってくれた医師から、また、この肺炎に罹ることがあるから、気を付けるように注意されていた。

そのような経験があったので、冬には、風邪をひかないよう自分でも心掛けていたのだが、この四、五日、嫌な咳が出るようになり、胸や背中に違和感を覚えたので、用心して、病院へ行ったのだ。

受け付けで、「発熱や咳症状のある人は、まず電話して、午後二時半からの外来受け付けの予約をして、外の駐車場で車の中で待ってもらうことになっています」と、言われた。

うっかりしていた私は、ぼんやりと、テレビで何かそのようなことを言っていたな、と思い出した。まずコロナ感染の検査を受けないと、病院内に入れないのだった。

約一年前に、左胸の下に痛みを覚え来院した時は、コロナ禍であったが、先の症状ではなかったので、すぐに内科へ通してくれた。今回は感染検査のことは、全く頭になかったのだ。

検査は幸い陰性で、病院内では、看護師さんが準備して待ってくれていた。

血圧測定、採血と進み、レントゲン室へと案内された。看護師さんたちは忙しそうだったがみんな優しいのには感心した。レントゲン室へ連れていってくれた看護師さんは、初め「一人で行けますか？」と尋ね、道順を説明してくれたのだが、私の返事が覚束なかったのか、結局、レントゲン室の前まで一緒に来てくれた。

終わって外に出ると、まだ彼女は居た。「待っていてくれたの。ありがとう」と言うと、「次に心電図をとるように、と先生から新しい指示が出たのでご案内します」と答え、結局、内科の待ち合い場所までずっとつき添ってくれた。

歯科の看護師さんも優しい。「痛くないですか。大丈夫ですか」「歯周ポケットの深い所をあたりますので、少しチクチクするかもしれません」等、しょっちゅう、声掛けをしてくれる。仕事で、私だけでなく患者みんなに優しいのだろうが、若い頃も、熟年になってからもていねいさは感じていたが、優しさについては、それほど感じなかった。

それは、私が年をとったからではないか。忙しく働いていた頃は、看護師さんの言葉に込められている心の優しさに気付く余裕がなかったのかもしれない。

また、看護師さんたちも、若い元気な人を相手にする時と、老人を相手にする時では、自然と態度が変わるのではないか。老人という弱い立場の人に対しての気遣いが、声や言葉に表れるのだろう。

看護師さんだけではない。運転免許の更新で自動車学校に行った時、職員が「そこ、段があるから気を付けて」と一人一人に声掛けをする。

レントゲン技師さんが、私がネックレスをはずそうともたもたしていると、「あわてないでいいよ。ゆっくりね」と言ってくれた。

彼らは、絶対、私のことを「おばあちゃん」と呼ばなかった。

『お年寄り（年長者）を敬う』という、長幼の序の考え方（年長者と年少者との間にある秩序を重くみて、尊重する）が、彼らに感じられ、それが優しさとなって私の心に伝わってきたのだ。

年をとると、若い人たちの優しい声掛けや気遣いが身に染みる。

皮つきがおいしい

あなたは、焼き芋の皮をむいて食べますか。むかないで食べますか。

私は、皮をむいて食べます。でも、友人や知人で、皮をむかないで食べる人がいます。

私が皮をむくのは、育ちからきた習慣です。子どもの頃、風呂はたき木で沸かしていました。焼芋は、風呂を沸かした残り火、熾火《おきび》で焼いていました。炭や灰がついていて皮をむかないと食べられませんでした。よい家の育ちでなく、田舎育ちです。

本を読んでいたら、『止《や》んごとなき家柄の方は、ふかし芋を食べるにも、お皿にのせて、ナイフとフォークで召し上がる』と、書いていて、びっくりしました。これが本当の育ちがよい、です。

みかんの一粒の袋を取って食べますか。

子どもの頃から、私は袋を取らずに食べます。姉は、袋だけでなく白い筋も、ていねいに取って食べます。姉妹なのに、姉の方が育ちが良いようです。皮をむかず、丸ごと食べると、ビタミンCがいっぱい採れて、体によい、と聞き、一度、試してみましたが、これは、いただけませんでした。皮に含まれる油が、苦かったです。

すいかの種は、どうしていますか。

外側から見える種だけ除けて、がぶりと一口、口の中でもごもごご、舌で種を選り分けて、さすがにプッと吐き出さず、そっと皿の端に置きます。

孫娘（当時、小学校二年生）と、すいかを食べていた時、彼女が、「ママが種を取り忘れたんだね」と言いました。その子も、今年大学生になります。いつ頃から種を自分でとるようになったのでしょうか。

焼き魚（鮭や鯖の）の皮は食べますか。

私は食べますが、夫は残します。「皮の裏についている脂が、一番、おいしいのに」と言って、私が夫の分も食べていました。ある日、思い切って食べた夫が、おいしく思ったのか、残さなくなりもらえなくなりました。

ちなみに、煮魚《にざかな》の目玉（特にぶりの目玉）は、もう、私の口には入りません。

いちじくの皮はむきますか。

ある時、お弁当を友人と一緒に食べる機会がありました。その日、私はわが家で採れたいちじくを二個、持っていきました。丸々と実り、皮の薄いところは、少しむけかかっていました。男性の知人は、ぱくりと皮ごと食べ、女性の友人は皮をむいて食べていました。私は、いちじくは皮をむいて一口大に切って、ヨーグルトに入れて食べるのが好きです。

芋類は、皮つきのまま茹でたり蒸したりする方がおいしいです。里芋の子をよく洗ってゆで、半分位の位置に包丁でくるりと浅く切れ目を入れます。すると半分だけ、つるんと皮がむけます。これを衣被（きぬかつぎ）といいます。これにお塩やしょうゆをつけていただくと、おいしい酒の肴になります。掘りたての子芋の味は、格別です。

ジャガ芋も、ポテトサラダを作る時、皮つきのまま茹でてから皮をむき、料理をするとほっこり感が増します。

最後に竹の子（筍）です。

孟宗竹《もうそう》は、旬になると皮の色が黒く、細かい毛が生えていて、皮をむいてから茹でます。しかし、走りの筍は、形も小さく皮も毛がなく色も薄い茶色です。これは、根元の皮を二、三枚はがし、先を少し切って丸ごと茹でます。残念ながらお店では手に入らないと思います。筍山を持っている方から、分けていただくしかないでしょう。幸いわが家は、狭いですが家庭菜園ならぬ家庭筍林（？）がありますので、毎年、春先に掘ります。この走りの筍は、焼くともっと美味です。

丸茹で、丸焼きの筍は皮をむいて、木の芽（山椒）入りの酢味噌でいただきます。

皮つきのまま料理をすると、食材の中の成分が残り、味が濃くなりおいしさが増すのでしょうか。

私たちはエゴをなくせるか

私が通っている英会話の先生は、ケイトさんと言う。アメリカ人で、私の家の近くの人と結婚して、日本に住むようになった。

日本に来て長い期間、大学で臨時講師をしていたことなどから、彼女の日本語は、私の英語を上回るくらい、上手である。

彼女のお母さん、スーが、昨年の秋に日本を訪れ、私たち英会話の仲間に加わってくれ、いろいろと話を聞くことができた。

ケイトさんは、アメリカ人らしい明るさと親切さでポジティブな考え方の人だ。いろんな人に英語を習ったが、教え方が一番上手なように思える。

スーは英語しか話さないので、私の英語力では理解できないことが多かった。ケイトさんも英語のネイティブスピーカーだが、ふだんは日本人に合わせて、分かり易く話してくれる。スーの英語は、こてこてのネイティブイングリッシュなので分かりにくかったが、新鮮に感じた。

スーは、85歳とは思えない程、見かけも気力もエネルギッシュで、いろんなことに興味を持つ人だった。アメリカでは、山登りをしたり、一週間位、ひとりでドライブしながら、友人や親戚の家を訪ねたりするほど行動的な半面、趣味のキルティングを何時間も続けたりもするという。

その、キルティングの作品を写真で見せてもらったが、びっくりする程の大作で何枚もあった。これでは何時間どころか、何日も、何ヵ月もかかるであろうと思われた。

スーは、二ヵ月日本に滞在し、アメリカに帰っていった。

スーが帰った後、ケイトさんが私たちに、スーからのプレゼントを渡してくれた。それは、スープの入った皿が冷めないように温めておくディッシュウォーマーだった。スーの心遣いに私たちは感動した。丸底のスープ皿が手のひらにすっぽりと収まるようにデザインが工夫され、二枚の布の間に芯を入れて作られていた。一針一針、気持ちを込めて縫ったであろう、スーの温かい心が伝わってきた。

私は、アメリカ、オーストラリア、イギリスでの短期のホームステイの経験がある。そこでのホストファミリーとの生活や会話、その家のしきたり、生活習慣を通して、その国の人の考え方や物の見方、道徳観などを感じとって、日本のそれらと比べて考えてきた。もちろん、日本にもさまざまな人、さまざまな家庭があるように、彼らの言動、行為が、その国の全てと考えているわけではない。

世界にはたくさんの国があって、いろいろな人がいて、さまざまな考えや意見がある。違いや区別はあっても、優劣や差別はあってはならないということを、身をもって体験した。

私が、ケイトさんを「さん」付けで呼び、お母さんをスーと呼ぶのは、日本の文化とアメリカの文化の違いを象徴している。日本では、一般的に親が子を呼ぶ時、同年の友人や同期の仲間同士が呼ぶ時、または、職場で地位の上の者が下の者を呼ぶ時ぐらいしか、敬称をつけずに呼ぶことはしない。

ケイトさんは、私にとって師であるから、英会話の時間は「ケイト」と呼ぶが、それ以外の時は「ケイトさん」と呼ぶ。

しかし、スーと話す時は、アメリカの文化の中で友人として会話をするのだから、私は、ごく普通に「スー」と呼んだ。

ケイトさんも、日本人と結婚し、日本に長く住んでいるので、地域のしきたりや習慣を大事にしている。その上で、アメリカの良い習慣を生活の中に取り入れている。

世界がボーダーレスになって、互いに相手を尊重する社会になると、戦争もなくなり、世界平和も実現するのだろうが……。

自国ファースト、都民ファーストは、エゴである。人は皆、全てが平等であり、と り分けて特別に優先される命はない。優先されるとすれば、道徳律や、社会倫理の観点から見て、誰もが納得がいく場合のみであろう。

個々の人間のエゴ、集団のエゴ、国のエゴに敏感に気付き、エゴの張り合いでなく、融和の心で勇気を持って生きていけば、世界平和は実現できるかもしれない。

ケイトさんやスーと、私たち英会話の仲間のように、個人間では仲良くできるのに、国対国ではなぜ争い合い敵対するのだろう。他よりも優位に立ちたいというエゴをなくさない限り、この世に平和は来ない。

ちょっと、愚痴聞いて

主婦が、一つの料理をする時、どれだけ考え準備し作り、食卓に出し片付けるか、考えてみたことがありますか。

では、筑前煮を作ってみましょう。まず、材料を用意します。

材料…鶏もも肉、干し椎茸、こんにゃく、れんこん、ごぼう、人参、里芋、絹さや
調味料…サラダ油、酒、みりん、しょう油
器具…鍋またはフライパン、ボール二、三個、まな板、包丁、落としぶた

次に具材、調味料などを整えます。

皮をむく、切る。
下ゆでをする。（こんにゃく、里芋など）
水に浸す。（干し椎茸、約一時間）
調味料を量る。

これでやっと準備ができて、調理を始めます。

鍋に油を入れて具材を炒める。

干し椎茸の戻し汁を入れて煮る。

調味料を入れ、落としぶたをして煮る。

煮汁の様子を見ながら煮つめる。

塩ゆでした絹さやを散らしてでき上がり。

さて、いただきましょう。人数分のお皿にとり分けて食卓へ。

ちょっと待って。余った野菜は、どうなっていますか。

使った器具は、洗って、元のところへしまっていますか。

きっちり、必要な量だけの野菜を売っていることはありません。残りの人参、ごぼう、その他の野菜は片付けて、冷蔵庫に入れるのも、使った器具を洗って元のところに入れるのも、含めて料理です。

食事の後片付け、食器を洗って片付けるのも、料理のうちです。

たかが料理一つですが、料理する人はこれだけの頭と手間と時間を使っています。

これが、朝、昼、夜と、一日、三回です。まじめにやれば、一日、二十四時間のうち、何時間、料理の為に費やしているでしょう。

今は、外食もあるし、テイクアウトやお惣菜もあるので随分、楽になりましたが、昔の主婦は、例えば私の母は、ずっとやっていたのですね。昔は食材が今ほど豊富でなかったのですが、昔の方がおいしくて、健康によかったと思えるのは何故でしょうか。

昔から、女性は毎日、当たり前のように、料理をしてきました。女性が担う家事の中で一番、時間を費やす仕事だといえるでしょう。

しかも、家族が、おいしそうに食べている姿を見る喜びがあるとはいえ、筑前煮の例で示したように、選ぶ、捨てる、片付けるなど、料理する人にしか分からない仕事、目に見えない仕事が、たくさんあります。

言わば、食品の廃棄物のような部分です。

アジを一匹、買ってきたとします。よほど小さな小アジでない限り、まず、丸ごとは食べないでしょう。頭や腸、骨、尾鰭《おびれ》を含む各鰭《ひれ》部分は、廃棄されます。アジ一匹の廃棄率は、五十パーセントくらいだったと思いますので、約半分くらいしか食べられません。

この廃棄する、つまり「捨てる」という行為に、私は抵抗を感じます。せっかく作った筑前煮も、残り物となり冷蔵庫で三日も置けば捨てざるをえません。

主婦は、この「捨てる」にいつも悩まされています。

食後の「洗う」は、見える家事ですが、「片付ける」「元の位置に置く」家事は、結構、難しいものがあります。

皿などは、大体、位置が決まっているので頭を使いませんが、保存容器は、大きさ、形が様々なので、きちんと片付けるのに手間がかかります。

私が一番苦手なのは、小物の調理器具の片付けです。

包丁、まな板、水切りマット、しゃもじ、お玉杓子など、毎日使うものは定位置がありますが、時々しか使わないキッチン鋏、皮むき器、栓抜き、薬味おろし、などなど、引き出しの中は、入り混じってごちゃごちゃ。カトラリーも、整理するのを諦めて、大体この場所と決めているだけで、計量スプーンが交じっていたり、カニ用フォークが入っていたりします。

もう一つの引き出しは、ビニール袋やフリーザーパックの大・中・小。弁当用のアルミカップ数種類、割り箸など。キッチンスケールまで入っています。

かなり省いていますが、これらを片付け整理するのも、主婦の仕事です。

たかが、筑前煮一つを作るだけで大袈裟と思うでしょうが、これらの見えない作業は全て連動しています。

外食、テイクアウト弁当やお惣菜、レトルト食品、冷凍食品、昨今はいろいろあり、主婦も昔より随分楽になりました。ただ、物が豊富になった分、思考する範囲も広がりました。

主婦の手料理、家庭の味は、手間暇がかかっても、毎日はできないけど、子どもたちに伝えたいと思います。

ばあばの愚痴を聞いてくれて、ありがとう。

本日の営業は終了致しました

現職の間は、忙しい毎日だった。私は性格的に、するべき事は前以て準備しておかないと不安になるタイプだ。そして、予定通りに終わるとほっと安心し、『今日も一日、よく働いた』と満足する、そんな一日を過ごしていた。

始業時間に仕事を始める為に、大体三十分前には職場に着いていた。私は教師だったので、その三十分間に授業の準備や、会議の用意をしておく。

職員朝会（朝の打ち合わせ）が終わると、すぐに教室へ行き子どもたちの話を聞きながら、連絡帳や宿題に目を通し処理をする。

授業の一時間一時間が勝負だから、子どもたちを待たせてはいけないと思っていた。

小さな学校では、一人一人に充分、目かけ、手かけ、声かけができるが、一クラス三十人以上になると、一日の中で、声かけができなかった子もいただろうと思うと、今だに、すまない気持ちでいっぱいだ。

学習の中で、技能の習熟を図る段階がある。漢字練習や計算練習が、これに当たる。二年生になると、子どもたちは九九を覚えなければならない時期がある。九九の意味を知り、段ごとに九九を唱えて覚える。最終的にランダムの九九が、すばやく書けるようにする。その最終段階を、子どもたちが楽しんで取り組めるように、ある工夫をした。

九九50問のプリントを五枚、用意し、№1のプリントから、№5のプリントへ、一枚ずつしていく。私一人で採点していたら、間に合わないし、子どもたちも無駄に待つ時間ができる。それで、前以て、教室の各所に答えを貼っておき、一枚できたら子どもたちは自分で丸つけをする。№5が終わった時に、プリントを提出して私から「おめでとう！」「合格！」「やったね」などの認めを書いてもらって確認する。

子どもたちも私も、その時間を結構、楽しんでいた。

その頃は、持ち帰り仕事はあったものの、帰宅後は、好きな料理をしたり、読書をしたりする時間の余裕がまだあった。

父の入退院、母の病院つきそいと、家族のことで忙しい時期もあったが、父や母とゆっくり語れるという心の充実もあった。

しかし、年齢が上がると、責任ある仕事も任せられるようになり、担任以外の仕事も増え、自分の時間が少なくなっていった。日本では公務員は、たとえヒラでも、二十四時間、公務員であることを要求される。

忙しくなると、睡眠時間も短くなった。朝方タイプの私は、夜、遅くまで起きているのが辛い。それよりも、早く起きた方が頭がすっきりする。四時起きは普通で、仕事が押している時などは、一度少し眠って、朝の二時、三時に起きて仕事をする方が楽だった。

朝早く起きるから、夕方になると、頭の中は一日の出来事で満杯になって、何も入らなくなる。同じミスを繰り返し、新しいことは覚えられなくなる。私の頭の容量は特別小さいのか、特に夕方以降は思考力、記憶力が落ちる。

しかし、朝早くは、夜のことが嘘のように、頭の回転が速くなり、仕事の能率は上がり、新しいことも閃くように自分には思えた。

何度かの経験を通して、私は無理をせずに朝型人間になった。

退職したら朝寝をしよう、ゆっくりと朝の時間を楽しもう、今までは忙しくて、あるいは眠くて、見られなかった夜のテレビで番組を、遅くまで見よう、と心積もりをしていた。

退職して二年後、63歳になるちょっと前に私は初めて結婚した。

22歳で職について、生まれ育った家を出てからは、ずっと一人の生活を続けてきた。四十年間、父母、姉たちと暮らした期間の約二倍を、一人暮らしだった。

退職後の、夢見ていた、のんびり生活も、夫との二人暮らしになった。

一人暮らしの一日のルーティンを、二人暮らしのルーティンに切り換えると、それまではフレキシブルな時間帯が、少なからず縛られるようになった。

自分一人に合わせていた時間帯が、二人の共通の時間帯になったのだ。決して嫌ではなかったが、起床、三度の食事、風呂の時間は、最低合わせるようにした（起床は、朝食の時間に間に合わせる為）。もちろん、私の一方的な時間でなく、夫の都合にも合わせる為である。

また、私の性格が出て、四時起床、一日の予定に合わせて、前以てその日の準備、ほぼ予定通りに予定の事（家事、趣味など）が終わるとほっとする。

就寝時間は、それぞれなので、私は、

「本日の営業は終了致しました。また明日のお越しをお待ちしています」と言って、寝室へ行く。

「本日の営業終了」が、「人生の営業終了」となる日が近づいてきているが。

お金の重み

友人や職場の仲間と食事に行った時、支払いで気を使うのが苦手だ。

割り勘の時は、若手や仕切るのが上手な人が、パッパッと集金してくれるので助かる。

働いていた時は、集金してくれる人やお店の人になるべく手間をかけたくないので、全員が小銭支払いになったり、反対にお釣りがいる人ばかりになったりしないよう、お互いに気を使い合ったものだ。

最近では、グループで行っても、勘定は一人一人してくれる店もある。多分、グループ客の支払いが、客同士で手間どるのを省くためだろう。

割り勘でも、きっちり一円単位まで集める人と、端数は自分で出して、切りよく皆に告げる人もいる。また「それでは悪いからきっちり集めて」と言う人もいる。

人それぞれの性格や、通ってきた環境を見るようでおもしろい。

退職後に、公民館活動の書道教室で、会計係になった時のことである。一年間の仕事を終えて、年度末に会計報告をした。少額の残金を次年度に繰り越したところ、ある先輩が「年次毎に会計は締めるべきで、残金は会員に返却すべきだ」と言った。ほとんどの人は、「来年もこの教室は続くし、僅かな額なので、これでいいのではないか」と言った。

その先輩は、昨年も同じことを言っていた。

私は、「どちらの考えも間違っていないし、一人でも異を唱えるなら、返金します」と応じ、二十名近くの会員全員に数円の小銭を返金した。

英会話教室で食事会をした。支払いの時、たまたま店の人の近くにいた私は、支払う前に集まった百円玉や十円玉を、手持ちの千円札に換金した。すると、一人の女性が「どうして、そんなことするの?」と言ってきた。「大きいお金で支払おうと思って」と答えると、彼女は「お店の人も、小銭があった方がお釣りに使えていいのでは?」と続けた。

お金に対する考えも、人によってこんなに違うものだ。

お金はたとえ小銭でも、たかが一円、されど一円だ。

お札で払う額を、たまたま持ち合わせていなくて、ジャラジャラと、百円玉、十円玉、五円、一円を掻き集めて支払う時、「小銭でごめんなさいね」と、言う人がいる。それは、「数える手数をかけてすみません」とか、「財布がふくれて悪いですね」と、いう思いから出る言葉である。

それに対して、受け取る人は、「いいえ、たとえ、一円、五円でも大切なお金です。ありがとうございます」と返す。

この、お金に対する相方《そうほう》の思いの交感は、カードでピッと支払う社会では、ありえない。

支払いの気遣いは苦手だが、お金を大切に思う心は、忘れてはならない。

人形の蒐集

私は、子どもの頃から、人形が好きだった。私自身に覚えはないが、母に負ぶわれていた時の話だから、一歳になるかならないか位の頃のことだろう。

昔、「なんでも屋」という店があった。ある日、そこで買い物をしていた母が、他の品物の方へ移動しようとした。しかし、何かに引っぱられるような感じで動けなかった。そこで、後ろを見上げたら、負ぶわれていた私が、上から吊り下げられていた人形に、しっかりと抱きついていたそうだ。母は、一つ話に、私が大きくなってからもしていた。

　私の子ども時代は、物のない時代なので、人形などおいそれと買ってはもらえなかった。小学生に上がる前か、ミルク飲み人形が、流行したことがあった。多分、それが欲しい、とねだったのだろう。母の友人が手に入れて持ってきてくれたように思う。しかし、どこか好みに合わなかったのか、あまり記憶にない。

　絵を描くことも好きだった私は、厚紙で、ポーズをとった人形の原形を切り取り、それに、いろいろな服を作って、着せ替えて喜んでいた。「着せ替え人形」と呼んで、この遊びは今でもよく覚えている。


　父は、肺結核を患い、二度、入院した。

　一度目は、私の幼い頃で、母が私を連れて医院に行き、父の診察を待つ間、暗い顔で、「これから、どうすればいいんだろう」というような事を、呟いていたのを子ども心に覚えている。

　二度目の入院は、私が、小学校高学年の頃だった。

　その頃、地域内に大きな病院ができ、父もその病院に入院することになった。家から徒歩で、三十分程の距離だった。

　母は、父に滋養のある食べ物をと考え、手作りの惣菜を父のところへ持って行くようにと私を使いに出した。

　ある日、父の病室に行くと、父が笑いながら「そこの柱を見てみい」と言った。柱には、「だっこちゃん」が抱きついていた。当時流行した、自分の腕に巻きつかせて楽しむ人形だった。私が人形好きなので、買ってくれたのだ。思いがけないことだったので、驚きと共に、父の気持ちが子ども心に嬉しかった。

　その後、父の結核は新薬のおかげで改善したが、父は以後ずっと肺ガンにかかることを恐れていた。

　私が、人形を蒐集するようになったのはい

つ頃からだろう。

就職してからは、街に出かけた折に、気に入った人形を買っていたが、それほど多くはない。私の好みは、ガラスケースに入ったフランス人形や、博多人形のように取り澄ました人形でもなく、こけしや姫だるまのような飾っておくものでもない。手にとって抱き上げたり、髪や服をなでてやったりできるのがいい。

旅行に行くようになってから、その国の土地で買ったものが多い。高価な物でなく、子どものおみやげになるくらいのものが多い。人形だけでなく、動物も心惹かれるものは購入した。

イギリスの田舎の店で、安価で買った小さいきつねは、石造りで片耳が折れていたがなぜか惹かれ、家の庭の猫やうさぎの仲間入りをしている。

教師をしていた時に、差別の学習に使おうと思った黒人の人形が、大分では手に入らず、アメリカのスーパーで見つけて買ってきた。そのかわいい赤ちゃん人形は、イギリスの女の子と並んで座っている。

ミャンマーで手に入れたマリオネットは、オーストラリアの羊に寄りかかっている。手に入れそこねて残念だったのは、スペインの白い村で見つけた木彫りの猫だ。そんなに高価ではなかったが、大きさがちょっと、と、思われた。スーツケースに入らなくはないが、場所をとると思い、しばらく考えてから一周してくると、店は昼休みで閉まっていた。手に入らないとなると惜しくなる、という気持ちをつくづく味わった。たかが猫の置き物に「一期一会」は大仰だが、残りの人生でもう一度、あの白い村に行くことはないと思うと、やはり残念としか言いようがない。

私の人形蒐集は、このようにたわいないものだ。数量も多くない。値段も安いものばかり。人形といっても、雑多なものばかりで一貫性もセンスもない。コレクターとは言い難い。

ただ、集めた人形たちを見ていると、優しげな、むしろ悲しげな眼をした人形が多いのに気付く。中には怒った眼をしたものもあるが、意地悪な眼をした人形はいない。

人形の表情に惹かれて集めているのかもしれない。

趣味と時間

私たちは、趣味をすることで生活に潤いを与え、人生に楽しみや喜び、生きがいを見出《みいだ》すことができる。

在職中には、思う存分できなかった趣味を、退職したらあれこれと楽しむことができる。

趣味をするのに、一番必要なものは時間だ。その他には、お金や労力や勉強などがいるが、それらは工夫すれば何とかすることができる。

お金は、仕事についている間に貯めておいたり、お金がかからないよう工夫したりすれば、何とかなる。

手数や労力は、趣味を楽しもうと思えば、当然かかるものなので、それがまた楽しみの一つでもある。

勉強も、趣味で何かを作ろう、技を磨こうと思えば、当然取り組まねばならないだろう。ただ、趣味の目的の一つは、人生を楽しむことにあるので、嫌な思いをしたり苦しかったりすれば、本末転倒なのでさっさと諦めてやめてしまった方がよい。ただ、その苦しさが、乗り越えた時に充実感や快感に変わることがあるので、よく見極めた方がよい。

一番問題なのは、時間だ。

退職したら、充分な時間がとれそうだが、そうでない場合もある。

一つは病気である。さあ、これから、という時に病気になると、限りある時間を治療に当てなければならない。快復が望める病気なら、元気になって趣味に打ち込む時を待つ楽しみがある。

姉は63歳で肺ガンにかかり、65歳で亡くなった。その間は治療に明け暮れ、薬の副作用に悩まされ、毎日を生きるのがせいいっぱいだった。姉の人生は、ガンの治療が始まった63歳で終わったようなものだ。

姉に、もう少し人生を楽しんでもらいたかった。趣味の多かった姉に、もっともっと好きなことをさせてあげたかった。しかし、姉の人生の時間は、それを許さなかった。

二つ目は、気力の限界だ。

夫の趣味は、仏像を木で彫ることだ。退職前の一年間、地域の公民館活動で木彫を習い、退職後は自分で勉強しながら仏像を彫り続けている。それが、コロナ発生の前頃から、パタリと止めてしまった。三年間程、彫りかけの不動明王は放置されたままだった。

昨年の六月に、博多へ行った時、本屋巡りをしていて新しい仏像彫りの本を見つけ、それがきっかけとなってまた彫り始めた。

夫は、その間、どうしても彫る気が出なかったという。丁度、後期高齢者に入りかけた頃で、長年の身体的疲れと精神的疲れが重なったのだろう。

何もやる気が起きない時は、ゆっくり心身を休めることも必要だが、そんな時でも時間は流れ去っていく。

三つ目は、体力の限界である。

体力が落ちてくると、したいことも思うように充分できなくなる。

私の趣味の一つに太極拳がある。退職後、体力を維持するのに何か良い運動はないかとさがしていた。私はチームでしたり、競争したりする運動が苦手で、一人でこつこつする運動が性格に合っている。若い頃は、居合道をしていたが、指導者や居合道場が少なくて通うのに苦労し、いつの間にか止めてしまった。

友人が、太極拳をしていると聞き、体験してみてすっかりはまってしまった。たいていの武道は、心を整えてから始まるが太極拳は特に、自然と人間が一体化して大気の流れに心身を合わせていく。一つ一つの型は理にかなっており、生活の中で乱れた体幹を正していくことで、体全体が正しい位置に戻っていくように、私には感じられた。

太極拳は、ゆるやかに動くので脚の筋力がとても大事だ。筋肉は、鍛えないと減っていく。コロナの初めの頃、全ての活動が制限された時、太極拳教室もしばらく中止になった。家で毎日、一人で練習するがやはり教室のようにはいかなかった。

筋肉が減り体力は落ちていくが、時間はいつもと同じ速さで流れていく。

四つ目は、老化である。

老化は、気力、体力にも大きな影響を及ぼすが、他の能力に、特に記憶力の低下に著しい。

物をどこに置いたか忘れる。人の名前が出てこない。約束した日時を忘れる。忘れた時の為のメモをどこにやったか忘れる……。

英会話クラスで覚えたはずの英語が出てこない。英検準一級の試験を、62歳の時に受けた。一回目はボロボロだったが、もう一回、と、二回目も受けた。結果は似たようなものだった。私にとって、準一級の英単語は難しすぎ、長文は読むのが遅すぎ、頭がついていかなかった。先日、高一の孫娘が準一級を受けて、「あと少しの点だった」と、言っていた。73歳では、記憶力はほとんど無いに等しい。「昔覚えたことは忘れないが、最近のことは覚えていない」と言うが、本当だ。

他にも聴力、視力、衰えるばかりで何をするにも以前より時間がかかる。

趣味には、時間が必要だ。

若い時には、一週間、一月《ひとつき》、一年でできていた事が、年をとってからは、できるようになるには何年もかかると心得なければいけない。

それでも趣味をすれば、少しずつでも進み、何かが残り、できた喜びがある。

こうして、時は流れ去る。

ヨセフを知る一族

モンゴメリ作『赤毛のアン』シリーズの中で、「ヨセフを知る一族」の部分を読んだ時、「ああ、この感覚だ」と思った。

「ヨセフを知る一族」とは、

――単に血縁や宗教上のことでなく、立場・性別が違っていても、同じ物を美しいと感じたり、感性や言葉が通じたりする者のことをいう――そうだ。生きていくこと自体、異民族（ヨセフを知らない一族）との出会いの連続で、ヨセフを知る一族に出会うことは、まれだそうだ。

『赤毛のアン』シリーズは、学生時代夢中になって読んだ。私にとって、アンは「ヨセフを知る一族」で、彼女の言動は私の波長にぴたりと合い、カナダに生まれなかったことを残念に思った。

私のこれまでの人生で、何人のヨセフの一族に出会っただろうか。

家族の中でも、ヨセフの一族の者もいればそうでない者もいる。

学校時代の友だちや、職場の仲間は尚更だ。ふだん仲良くしているからといって、ヨセフの一族とはいえない。同じ物を美しいと感じたからといって、ヨセフの一族でない時もあるし、私が美しいと思った物を相手が好みでないとしても、ヨセフの一族と感じる時もある。互いの感性の底を貫く信念や思考が通じ合えば、ヨセフを知る一族になる。

「ヨセフを知らない一族」は、たいてい、一度会えば感じる。その人とは、ちょっと話しただけで、自分とは考えがどこか違う、と感じるからだ。

私の場合、遅れてきても謝らない人、自分の事ばかり話す人、平気で割り込む人、その場にふさわしくない言葉使いの人、いばった態度の人、などなど。私も気付かないうちにそのような言動をとり、相手から、「この人、ヨセフを知らない人だわ」と、思われているかもしれない。

書道の指導者から、教室生のいる前で、「こんな平たい文鎮が一番悪い。用紙の場所をとって、字が書きにくい」と、指導されたことがある。

ツアー旅行の飛行機乗り継ぎ空港で両替えしたら、添乗員が他のメンバーに、「こういう場所の両替えはレートが悪いので、目的地に着いてからした方がよい」と、言っているのが聞こえた。

佐伯市に引越した当時の頃、佐伯市のグループの太極拳に参加していた時、メンバーの一人が「私たちとレベルが違うから」と言うのが聞こえてきた。

結局、私は、それらの人とはヨセフの一族になれないと悟り、できるだけ近づかないようにした。

また、「この人となら」と思って友だちになって近しくしていた人と、けんか別れしたことがある。だんだんと、価値観が違うことに気付いてきたのだ。ヨセフを知る一族として接しなくて、ただの友だちとして接すればよかったのだと、今は思う。

私たちは、生きている間、世代の違う人、生活環境の違う人、過ごしてきた地域の違う人など、いろいろな人と出会う。そして、相手の言動や外見から、全体像をつかむ。その中に、時々自分より優れているな、と思う人に出会うことがある。世に知られた学識者や技能者、芸能に秀でた人でなく、すぐ傍にいる人である。平たく言えば、・・・できる人である。

このできる人に出会った時、人は三種類に分かれるように思える。

ふつうは、他の人と変わらない接し方をする人が多い。

一部の人は、その人のように自分もなりたいと思い、尊敬の目で見、よい意味でのライバルになろうとがんばる。

他の一部の人に、自分がその人に及ばないと知ると、その人を自分のレベルに引きずり下ろして、心の安定を図ろうとする。

三番目のような人と係わると「朱に交われば赤くなる」のたとえのようになってしまう。同じ物を美しいと感じ合える仲間でなく、自分のレベルに合わせようとする行動は、ヨセフを知る一族どころではない。

限りある一生の間、ヨセフを知る一族に巡り合う機会は少ない。自分の感性を高めてくれる「朱」と交わりたいものだ。

マグカップの終わりの日

薬草茶用のカップが割れた。二十年近く使っているマグカップだ。数年前に縁《ふち》が一ヵ所、小さく欠けた。数日前から少しずつ、漏れるようになった。内側を見ると、縁の欠けたところから、小さなひびが入っていた。昨日は、どうしたことか、薬草茶は全然、漏れなかった。夫が、「ひびが、お茶の粉でふさがったんじゃないのか」と言っていた。

それが、今朝、熱い薬草茶を注ぐと、パカッと小さな音がしてお茶が調理台の上にさーっと広がった。急いでお茶を他のカップに入れ、マグカップの内側を見ると、ひびがカップの底まで伸びていた。

このマグカップは、姉が中国旅行に行く時に、私が頼んで買ってきてもらったものだ。それ以前、私自身が同じような形状のカップを、中国から買ってきて重宝して使っていたが、誤って割ってしまったのだ。同じ形を探したが、大分では見つからなかった。

特別な形をしている訳ではない。蓋付きの陶器のマグカップと思えばよい。ところが、これがなかなかない。縦長で底は丸く、取っ手が付き、蓋が付いている。お湯呑み茶碗のようであり、マグカップのようでもある。

お茶が漏れ始めた頃、近くの店でこの形状のものを探したが、今回も見つけられなかった。それが、とうとう使えなくなった。

以前、使っていたカップは、いかにも中国製と分かるデザインだった。しかし、このカップは、色彩、デザイン共に派手で、ちょっと見では出自が分からない。金色の地に、ボタンの花がやや大きめに三輪、青、ピンク、黄色があしらわれ、その周りに、小花がたくさん描かれている。何の花か花好きの私にも判明できない。朝顔が四輪、すいれんとナデシコのような花が一輪ずつ、交じっている。あとは小花のオンパレードでにぎやかだ。ひっくり返して、糸ぞこの部分を見ると意味不明のマークの周りに、かすかにメイドインチャイナが読みとれる。

初めは、派手なデザインにやや抵抗はあったが、二十年近くも使っていると愛着も湧く。それが、予覚はあったものの、突然のように壊れてしまった。

熱湯を注いだ途端のパカッという音、すぐに流れ出した液体。何だか、脳出血の瞬間を見てしまったようだ。

人の命も、こんな風に終わることがあるのだな、と、思った。

負のエネルギー

昨日はなぜか疲れた。昼食後に毎日している三分間ジョギングも、する気が起きなかった。もちろん、太極拳の自己練習もしなかった。

でも、体は運動を要求している。そこで、裏山に、筍を見に行くことにした。山には、自生の椿が一本生えていて、毎年きれいな花をつける。時期的には少し早いが、それも気にかかった。昨年の夏、筍山は少し開発され様変わりをしていると、夫に聞いていたが、私はまだ見に行っていなかった。

久し振りの山歩きだった。たいした距離ではないが、平地を歩くのと違う足運びやエネルギーが要る。一月中旬、もちろん筍は気配はなかった。機械や人手の入った土地の変化を確かめつつ、さして広くもない山を歩き回った。

楽しみにしていた椿は、やはり跡形もなかった。猪除けの電柵に倒れかかっている細竹や小枝を取り除けながら、春の筍を期待しながら歩き回った。

山歩きの後、家の北側に昨年、たくさん蕗が生えていた場所で、蕗のとうを探した。明日のみそ汁に使えそうなものを三個、見つけた。その後、庭の三つ葉の若葉も摘んだ。

いつもの午後のルーティンをこなせず、なぜ、こんなにうろうろと歩き回るのか。体がいつもと違う行動を要求するのはなぜだろうか。

結局心が落ち着かないまま、その後風呂上がりの柔軟体操もせず、寝てしまった。たまに、人様の負のエネルギーを負った、と、感じる時がある。愚痴や、他人の悪口しか言わない人と会った時など、特にそうある。また、なぜかする事なす事、全てがうまくいかない時など、どっと疲れて自己嫌悪に陥る。

実は、前日がそうだった。

夫の友人の奥様が、突然、亡くなったのだ。夫の友人とは家庭菜園の畑が隣同士なので、私も時々会って話をかわしたり、作物のやりとりなどもしていた。年齢も私たちと同じ位で家も近かった。

その朝、散歩から帰った夫が、友人の奥様が亡くなったことを聞いてきた。早朝に救急車で運ばれたが、間に合わなかったそうだ。

どうしようもない、不幸の運命に遭われたようだ。

他人の運命に口出しはできないが、友人が負った負のエネルギーを私は感じる。感じるということは、その負のエネルギーを、私も受け取ったという事である。

友人が今後辿るであろう人生を、それも、人生の終盤への道を、私は直感的に視てしまったのだ。それはどうしようもない、負の現実だった。

私は、この友人から受け取った負のエネルギーを、拭い去るのに数日を要した。

夫は、私の事を敏感すぎると言う。が、私は、血を流している人を見ると、胸のあたりがぎゅっと引きしまり、肉体的な疼痛はないが心が痛くなる思いがする。

教師になったばかりの頃、受け持ちの児童が側溝で額を切るけがをし、すぐに医院に連れていった。医師が縫っている間、付き添っていた私の方が顔色が青くなり、「おい、おい、先生の方も手当てが必要だ」と医師から言われたことがあった。

年をとると和らぐどころか、ひどくなる。

世の中、事件や事故が増加するばかりで、負のエネルギーが満ち満ちている。

この負のエネルギーに耐え受け流しながら、もう少し生きていきたい。

運命はどこまで変えられるか

英会話教室で、「あなたの幸福度の約五十%は、遺伝で決まる。十%は、健康や収入のような外部からの要因である。残りは、あなたの努力次第だ。もし、あなたが不幸に生まれついたなら、もっともっとがんばりなさい」と、いう文を読んだ。

「幸せ」を、運命に置き換えてみると、「運命の半分は遺伝で決まり、周りの環境も少し影響はあるが、運命のほぼ残りの半分四十％は、自分の努力で変える（良い方向に向ける）ことができるとなる。

当たっているようでもあり、あてはまらない部分もあるようだ。

どんな環境の家に生まれるか、どんな両親のもとに生まれるか、男か女か、黒い肌か白い肌か、金髪か黒髪か、自分で決められるものは一つもない。自分が生まれ持つ運命は、百％、遺伝によるものである。

赤子から幼児の頃は、両親や家族という直接、自分に関わってくる人に依存せざるをえない。その頃の自分の運命はその人たちで決められる。

だんだん、自己に気付き、自己選択、自己決定ができるようになると、少しずつ自分の運命に関われるようになる。

進学、就職、結婚となると、親や周囲に縛られる部分もあるが、自己決定の部分が多くなる。

しかし、長く生きれば生きるほど、外部からの要因が、運命を大きく狂わせることがある。

病気、事件事故、災害、社会状勢（戦争やパンデミックなど）が、その大きな要因である。また、本当にどうしようもない要因に、『いつの時代に生まれるか』ということもある。

人は生まれた時は、両親が与えてくれた運命を背負っている。私の父は農家の三男、母は漁師の長女、二人が夫婦になって築いた家庭は、第二次世界大戦の戦前戦後をはさんでいるので、生きていくのがやっとの生活だったと思う。父は三男坊だったので家を継げず、当時の正式名は分からないが、「タバコの専売公社」(日本専売公社)で働いていた。僅かだが、毎月の給料は保障されていた。

両親は、自分たちに学歴がないことで、社会での格差を感じていたので、私たち三人の娘に大学進学を勧めた。

長女と私の大学進学は、私たちの自己決定のようであるが、両親が敷いた路線(教員への道)に乗せられたといっていい(次女は進学せず、父の後に日本専売公社に就職)。

両親の決めた路線が、私の人生の大半を占めるというそんな思いは及ばなかった。しかし、私は将来、新聞記者になりたいと思っていた。

新聞社の試験を受けに、福岡まで行った。しかし、試験問題を見た時、『これは駄目だ』と思った。不合格の通知を受け取った時も、『やはり』と思っただけだ。

親が定めた運命を辿るのも、私の運命だろう。
後年、親が止めるのもきかず、海外に出かけたのも、私の運命。
63歳まで独身を通したのも私の運命。
63歳で初めて結婚したのも私の運命。

人は、自分の運命の中でしか
生きられない
なるようにしか　ならん
なるように　なる

幸か不幸か
その人の運命は
生まれながらに　決まっている

今、自分が持っている外見も能力も、性格も、親から伝えられた運命だ。遺伝子の組み合わせによって作られたものだ。自分で努力して変えられる四十%も、それらを土台にしているのでそんなに大きくは変えられない。

努力すれば、知能がよくなるのだろうか？　他の百倍努力すれば、記憶力や、知識、理解力は上がるだろうが、もともとの知能がよくなることはない。しかも、努力する能力も能力の一つなので、努力する能力が生まれついて低かったら、努力する力は、わいてこない。これも、親から伝わった運命だ。

運命の四十％は、自分の努力で変えられる。遺伝子は変えられないが、親から受け継いだ能力の中で、長所の部分は、努力で伸ばせる。

そうやって、少しずつ変化することで、人は進化しているのだろう。スポーツを始め他の社会の中で、新発見や新記録が生まれているのが、その証拠であろう。人は、どこまで進化して、自分の運命を変えられるか、興味深いところである。

私の子どもたち

最近、ペット番組が増えたようだ。犬や猫がほとんどだが、時には珍しい動物も出てきて、興味深い。

先日は、猫だと思って見ていたら、みみずくだった。それが飼い主に甘える様子を見て「ふぅーん、みみずくも飼えば、人に慣れるんだ」と感心し、あまりにもかわいいので、思わず笑ってしまった。

行きつけの美容院の美容師さんは、メスのトイプードルを飼っていて、私が予約を入れると、当日、アルちゃん（犬の名）が、お出迎えしてくれる。ヘアカットの間中、私の膝の上で、時にはいびきをかきながら寝ている。アルちゃんの温かい体と、安心しきった様子が私の心をほぐしてくれる。

子どもの頃は、犬や猫、にわとりを飼っていた。うさぎや山羊も飼っていた時もあった。彼らはペットというより、彼らも仕事があった。犬は番犬、猫はねずみ捕り、にわとりは卵を生み、山羊からは乳を搾《しぼ》る。うさぎだけ、仕事がなかったようにある。ペットというより、動物もみんな、家族だった。

一人暮らしの時に、猫を二匹飼ったことがあった。家の中で飼っていたので、世話が大変だったが、彼らは私の子どもだった。その頃は仕事が忙しく世話が行き届かなかったのが、今だに彼らにすまない思いでいっぱいだ。

猫を飼うまでは、ねずみが家の天井裏で走り回り、お鏡餅はかじられたりしたが、猫がいる間はそんなことはなかった。牡猫のレオは14歳、牝猫のニィーニは19歳で旅立ってしまった。私が悲しんでいた時、ある人が、「また新しい猫を飼えばいいではないか」と、言ってくれたが、そんな気になれなかった。新しい猫を飼えば、心はなぐさめられるだろうが、それで、レオやニィーニの死で、ぽっかり空いた心のすき間は埋められない。心の中のレオやニィーニのいた場所は、私があちらの世界に行って、彼らに会った時、初めて塞がれるのだ。

猫をもう一度飼いたいと思うけど、自分の年齢を考えると、もう飼ってはいけない、と思う。

子どもの頃に飼っていた犬のメリーと、一人暮らしの時に飼っていた猫のレオとニィーニが、私の生涯の子どもたちだ。淋しくて、哀しいけれど。

細く長く生きる

目標がないとモチベーションが湧かない。コロナ禍でいろんな事が制限を受ける。趣味の太極拳もその一つだ。クラブが休みになっても、家で一人で練習できるのに、なぜか、やる気が続かない。たまに、がんばって練習してみるがおもしろくない。

一時、コロナが下火になった時、地域の公民館祭りが復活し、発表会が予定された。その時は、がんばるぞ、という気になったが、再び中止になった途端、また意欲が萎えてしまった。本当に自分が情けない。普段の練習の積み重ねが大事だとよく分かっているのに。一人でこつこつと、努力を続けるという事はつくづく難しいと思う。

年をとると、記憶力や運動能力が落ちるように、持続力も減るのだろうか。それならば、年相応の目標でぼちぼちと取り組もう。気力のある時に、少しがんばればいい。細く、長く、自然のままに生きていこう。

自由に世界を旅したい

コロナが収束したら、また海外旅行に行きたいと思う。フランスやドイツの田舎をゆっくりと巡ってみたい。マチュピチュも行きたいけど、体力がもつかな。何よりも、ゆったりとしたクルージングをもう一度、経験したい。寄港地で、古代の遺跡に昔の人の暮らしに思いを馳せたり、その土地の猫の写真を撮ったりしたい。

先日、本で読んだ「シニアの海外ロングステイ生活」も、私のあこがれの一つだ。オーストラリア、カナダ、北欧などの郊外をバスで走行すると、こぢんまりとしたかわいい家をよく見かける。こんな所で一年間位暮らすのも楽しいだろうな、と思う。

でも、もうすぐ人生の最終章に入ろうかという年を考えると、海外の長期生活は高いハードルがあると思われる。気力体力の衰えや、いろんなしがらみが気持ちを鈍らせる。

生まれ育った祖国、日本は、海外に行ってみても、本当に良い国だと思う。人々も自然も、豊かで美しい国だと感じる。だからこそ、まだ見たことのない、すばらしい世界を見て回りたいと思う。

入り日に照らされて山中が真赤に染まった紅葉、海の底まで見える透明なブルー、ちりばめた星の向こうの暗闇、ゆれる虹色カーテンのようなオーロラ。言葉を失う世界では、人は孤独になる。そのような世界に、もう一度、行きたい。

山姥の庭

山姥《やまんば》は、顔に似ず花好きだ。山爺《やまじい》の尻をたたいて、山間《やまあい》の狭い畑の耕しや、草むしりはさせるが、陋屋《ろうおく》の庭の隅の花畑は、さわらせない。

以前、山爺が草取りをめんどうくさがって、鎌で花を切ってしまったからだ。山姥は怒って、山爺に、花畑の草切り禁止令を出した。以来、山爺は花畑をよけて草切りをするようになった。結果、山姥の花畑は草畑となり、かろうじて花々は、草の間から顔をのぞかせるようになった。

山姥が育てる花は、種がこぼれ落ちて育ったものか、株や球根で季節を越して生き延びたものなのが、ほとんどである。

花が咲いていないと、その草が花と分からない山爺は、草切り禁止区域外の花苗も、全て切ってしまう。中には、それで絶えてしまった花もある。

山姥は、ぶつぶつと文句を言うが、仕方ないと半分、あきらめている。

たまに、里に下りると、知り合いの里人から、花苗をもらったり、小さな店で買い求めたりして山に帰り、草と花の混合の花畑に植えて、うれしそうに満足している。

先日も、久し振りに山爺と里に下り、売れ残りの花苗を買った。格安だったので、ほくほく顔で山に帰っていった。

しかし、なぜか、それらを植える気にならない。心をふるい立たせて、庭の草を取り、肥料をまいて、植える準備をした。苗が枯れないように、毎日、水やりもした。

でも、苗を入れたかごを、横目で見ながら一日に何度も、その側を行ったり来たりした。花苗は、「早く植えてくれ」と言わんばかりに、山姥を見上げる。

山姥には、その理由が分かっている。一《ひと》かごなんぼの売れ残り苗は、何種類もの苗が、入っている。数えてみたら、何と八種類も入っていたのだ。老齢の山姥は、もう、考える力が衰えている。かごには、早春の花、夏まで咲く花、秋咲きの花、常緑のかずら等々、混じっている。どのように植え込めばいいのか。山姥には知恵が及ばない。どうすればいいのか。

その上、山際の山姥の庭は日当たりが悪い。特に冬場は、日の当たる時間が短い。やっと、陽が射して暖かくなり、さて、とりかかろうかと思っているうちに、西側の林にさえぎられて、日が陰ってしまう。寒がりの山姥は、「あした、しよう」と自分に言いきかせ、花苗かごを納屋に入れる。

山姥が考えあぐねて、やっと庭に植えられた花苗も、春になると、それなりに育つ。自然とは偉大なものだ。山姥の庭の木も、草花も春の息吹を感ずると、せいいっぱいに芽吹き花を咲かせる。

山姥もそれを見て、ほうほうと、喜んでいる。

がまんの日々

去年の日記をパラパラと読み返してみた。予想もしなかったコロナ感染症のパンデミックに、じわじわと向かい合いながら、突然出された政府の対策、毎日のメディアの報道の中で自分はどう行動すべきか分からず、まごまごする日々が綴られていた。マスクやアルコール消毒液の入手もままならなかったことも、記している。

趣味の太極拳もしばらくは休止し、かろうじて書道だけは、家庭自主練習で提出日のみ、仲間と会えた。ガーデニングと家庭菜園は、人と接触することがないので、続けることができた。

それでもコロナ感染が下火になった時、太極拳は、講習会や試験を受けに、県外までこわごわと出かけた。

今年になって春の花が終わり、寄せ植えのポットを片付けた時に、その数の多さにがく然とした。ポットの数が、私の耐えたストレス、平常心を保とうとした心を表していると思った。でも、人との接触が極力押さえられたがまんの日々は、私だけではない。

今年の春が過ぎても、コロナは収まるどころか、世界の人々に襲《おそ》いかかっている。

自分の身は自分で守ろうと思う。いつか、以前のように自由に友だちに会え、趣味の海外旅行に行ける日の来ることを信じて。

がんばりすぎない

十一月に福岡である太極拳の昇段試験に向けて、毎日、練習をしています。自主練やクラブでの練習の他に、随時行われる講習会にも参加しています。講師の方々は、何時間も熱心に、ていねいに教えて下さいます。

しかし、70歳を過ぎてから、体がなかなか覚えてくれません。太極拳では、一つ一つの動作を「ゆるめて、つなげて、広げる（伝える）」ようにと指導されますが、それを体得するのに何年もかかると言われます。年相応に、体力、気力が衰えた私は体がスムーズに動かなくなり、落ち込む日々が続きました。

ところが、先日受けた講習会で、講師の先生が「がんばりすぎない」と、声をかけてくれたのです。その言葉で、心と体を縛っていたものがすーっとほぐされる思いがしました。また、先生は「遠くを見る」という動作を「遠い眼差《まなざ》しで」と表現しました。これも心を和《やわ》らげてくれました。結果はどうあれ、もう少し太極拳を続けようと思います。

我が家のゴーツーキャンペーン

ある朝、畑へ向かう軽トラの中で、夫が突然、「さあ、ゴーツー畑だ」と言った。私たちは、二日に一度程、家から少し離れた畑へ、野菜作りに行く。

夫は、以前は仏像彫りが趣味であったが、私が野菜栽培を頼んで以来、それに打ち込んでくれている。畑起こし、肥料やり、連作障害を考慮しての栽培等々、限られた土地での畑仕事は、結構、頭を使う。そして、今年の酷暑のような自然との戦い。ゴーツー畑は、楽な事ではない。

夫は、他にもゴーツー散歩、ゴーツー栗拾い、柿狩り（期間限定）と、ゴーツーキャンペーンを我が家風に工夫している。

私のゴーツーキャンペーンは、趣味である。書道、英会話、太極拳で週三回はゴーツーする。夫と二人で出かけるのは、ゴーツー買物だ。コロナ以前は、ゴーツートラベルを楽しんでいたが、今は、ほとんど出かけられない。私たちの年をとってからの旅は、クルージングが楽しみだったが、多分もう行けないだろう。行きたいなあ、もう一度、ゴーツークルージング。

こんな時代が来ると誰が想像していただろう。子どもたちの将来も気にかかる。先の戦争を経験した人たちも辛い思いを引きずって生きてきたが、今の子供たちに、どんな思い出が残るのだろうか？　ちなみに我が家のキャンペーンには、割引もクーポンもついていない。

貯筋《ちょきん》

今年の抱負というのは大袈裟《おおげさ》だが、「貯筋」を始めた。

今年、72歳になる。昨年から、急に体の衰えを感じるようになった。集中力、持続力が弱まり、怒りっぽくなった。好奇心が減退し、何事も、どうでもよくなった。テレビの音声が聞き取りにくくなり、字幕で朝ドラを見ている。転びやすくなり、そろそろと動き回るようになった。昨秋、庭の菊に支えを立てようとして、支柱が折れ、首に自殺未遂のような傷を負った。寒さの厳しいこの頃、未だに痛む。食べ物を誤嚥《ごえん》しかけて、激しく咳込む。

年寄りは脚から弱るという。そこで今年は、脚の筋肉を鍛えようと、「貯筋」をすることにした。食後の三分間ジョギング、趣味の太極拳、風呂上がりの柔軟体操。今までもやってきた運動だが、コロナ禍でかなりさぼっている。ただ、するだけでは達成感や満足感が充分でない。それで、貯金箱を準備し、一日の運動量に応じて貯金する。ステイホームで出かけることが減り、少なくなった筋肉量を意識して増やす。いつまでも柔らかい心身を保つため笑顔と好奇心を心がけ、貯筋に励もう。

間のとり方

私はどうも「間《ま》」のとり方が下手だ。「間」と言っても、時間の方でなく、空間の方だ。

例えば飛行機の搭乗時、改札口に並んでいる時など、その列を横切ろうとする人が、必ずといっていい程、私の前を横切っていく。多分、私は他の人より、間を心持ち広く、とっているのだろう。それが続くと、嫌になって意識して、前の人にくっつくようにする。それもまた、息苦しく思え、再び間を開けてしまう。

ある日、ホームセンターのレジで並んでいた時、その間に割り込んできた男性がいた。ちらりと私の顔を見て、するりと入り、当たり前のような顔をして並び、何事もなかったかのように、前に進んでいった。私は、唖然《あぜん》とし、内心、腹立ちながらも、諍《いさか》いになるのも嫌だったので、黙っていた。

込み合った電車の中や、イベントの雑踏の中では、肩や体が触れ合うのは仕方がないとしても、子どものときでも体をくっつけあうのは苦手だった。手をつなぐことや、肩を組むことは、その場の状況で抵抗はなかった。

ハグが嫌いな訳ではない。特に、ホームステイしていた時は、ホストマザーとは、よくハグをしていた。

ふだんの生活では、病気の相手を気遣って、手を握ったり、肩に触れたりする直近の間はあるが、不特定の人との間は、ふつうの人より間《あいだ》を開けるようだ。

人の間《あいだ》と書いて、人間という。

人「ヒト」と人間の違いは、どこにあるんだろう。

新明解国語辞典によると——人間・人と人との間柄の意。人間とは、他の人間と共に、なんらかのかかわりを持ちながら、社会を構成し、なにほどかの寄与するものとしての人——と、ある。

以前、「人間とは、社会的動物である」と聞いたことがある。「ヒト」が、社会を成した時に、初めて人間になるのだな、と、漠然と感じたことを覚えている。

群れを成して行動する動物は、他にもいろいろいる。鳥や猿や象、蜜蜂もそうだ。

それぞれにリーダーらしきものがいて群れを率いているが、社会的な生活を営んでいるとは言えない。

どこが、人間と違うのか。言語？　彼らなりに通じる音声はあるらしい。二本足で立つことによって、残りの足（手）が、自由に使える。猿もできる。道具が使える。簡単だが、石などで硬いものを割る動物もいる。火が使える。これは人間だけだろう。

でも、人間を、人間たらしめたのは、何か？


私が、学校で習った歴史は、縄文時代からなので、覚えているのは、当時、人々は狩りをして、縄目のついた土器を焼いていた、ということぐらいだ。でも、その中で、リーダーがいて、それぞれの人が役割分担をして暮らしていたことは想像できる。つまり、この時代のヒトは、人間として、互いにかかわりを持ち、小さな社会を営んでいたのだ。


「間《ま》」を考える時、この「他の人間とのかかわり」が、ポイントになってくる。

現代社会で、私たちが、今一番悩んでいるのが、人間関係である。疎外、差別、仲間はずれ、上から目線、ドメスティックバイオレンス、ひきこもりネグレクト……。悩むだけでなく、暴力や殺人にまで及ぶ場合もある。

現実の人とのつながりを怖れて、ネットの世界でのつながりを求め、かえって傷ついたりしている。また、ネットでは自分が他に見えないのをよいことに、一個人をよってたかって、いじめる。

現代の人と人との間は、縄文時代に比べると、はるかに複雑で、混線している。情報が過多で、真偽が分かりにくい。自分のアイデンティティを保つのも難しい時代だ。自分自身ですら、あやふやなのに、他人との関わりを上手に保っていくのは更に難しい。

私が、不特定多数の混雑の中で、必要以上に間をとるのは、私の自衛本能なのかもしれない。

勇気をもった国の決断

二〇二一年の東京オリンピックの聖火ランナーとして神奈川県藤沢市を走る予定だった、歌手で俳優の加山雄三さんが、「勇気をもって辞退します」と、コメントした。

コロナ感染が蔓延する中、日本は、東京オリンピック・パラリンピックの開催を目指して邁進している。賛否両論のある中で、政府やオリンピック関係者と、国民の思いに乖離《かいり》が感じられる。

この一年余り、コロナパンデミックは続いている。感染者数が、やや減少傾向にあるとはいえ、このまま収束するとは思えない。新たな変異種も出現し、今後はどうなるか、誰にも分からない。

東京五輪は、強行すればできるであろうがその為に払う犠牲は大きいと思われる。人の命と、金と名誉は比較できるものではない。金や名誉は取り返せるが、命は失えばおしまいだ。

政治は、国民一人一人の命や生活を守る為に執行されるのが第一義では、ないだろうか。国の体面や、一部の社会や組織の利益の為に、コロナパンデミックで亡くなる人が増えてもいいのだろうか。

組織委員会や、各関係者の方々も、周到な対策を講じて実施に当たっているようだ。強行する事の可否は、五輪が終わった後の結果論になるだろう。

東京五輪は、東京都の主催によるものだが、影響は、日本全体に及ぶ。

今の日本のリーダーたちには、勇気をもって、国民の安全、健康、幸せを第一に考えて決断してほしいと願っている。

カナカナ語の氾濫にみる世界の未来

ここ十年で、カタカナ語がとみに増えてきた。ガバナンス、リノベーション、コンプライアンス、トリガー、アーカイブ……。

二〇二一年の東京オリンピック中に、橋本聖子大会組織委員会々長が、「レガシー」をよく使っていた。「遺産」という意味なのだが、なぜ、わざわざ英語で伝えなければならないのだろうかと思う。

「レームダック」という言葉を新聞で見て、聞き慣れないので辞書で調べてみた。本来の意味は、「脚の悪い鴨」なのだが、それが、「死に体」という意味だそうだ。「死に体」というのは、すもう用語で、「相手に倒されかけ、すでに自力では支えきれない状態になった体態」の時に使う。それが転じて、「任期終了を間近に控え、政治的影響力を失った大統領や首相」という意味の政治用語になったようだ。何ともややこしい言葉の転用だ。なぜ、現在の日本語は、このようにカタカナ語があふれ、その使い方が複雑になったのだろうか。

江戸時代、アジアの国々が欧州の列強に次々と植民地化される中で、日本は鎖国政策のもと、日本独自の文化が栄えてきた。しかし、黒船の来航と、幕府の衰退で、外国との交流が、一気に始まった。その中で、オランダ語以外の外国語が広まった。

外国語がじわじわと広まる中、第二次世界大戦では、敵国語としてその使用を禁じられることもあったが、戦後は、自由に使えるようになった。しかし、その広まりは、学校教育における英語教育の充実化と共にあり、また、一般の人でも海外に自由に行ける社会になったこともあり、普段の生活では、異様に感じることはなかった。

しかし、近年のカタカナ語の氾濫には、ついていけない。一気に広まるカタカナ語の背景には、ＩＴの急激な浸透、若い人たちの活躍、社会のグローバル化など、多数の要素が考えられる。

日本が、世界の中で大国と対等に渡り合うには必要な事であるが、一部の限られた人だけが社会を動かし、大多数の一般人は取り残される社会になるのでは、と危惧される。と同時に、日本の良さ、伝統が失われるのではないかと、今後の日本の在り方に不安も感じる。

一部の、それも高学歴や、新しい流れにすばやく対応できる人たちだけが動かす社会は、格差は広がるばかりで、様々な特質や人生や運命を背負った人たちが、平等に幸せに生きられる社会ではないように思われる。

現在のように、一部の社会の人にしか分からない言葉、ある程度の年齢以上の人には、なかなか扱えない機器、その機器も、なぜ、そのように作用するか考えもせず、考えても理解できず、その便利さだけで使い、時には深刻な事態に陥る人もいる。現在は複雑で混沌とした社会とも思うが、それを感じずに、現在を漂い流される人々。

日本は、世界は、どうなっていくのだろう。


幕末以来、科学・化学・技術などは、めざましい発展をしている。日進月歩とは、まさに現在の社会のことを言うのだろう。世界は、今、時代の転換期にあると感じるのは、私だけだろうか。


先日、五木寛之さんのエッセイ、『生き抜くヒント』の中に、次のような事が書かれてあった。

――私の私小説『親鸞』が本になって、書店に並んでいた時、売場で若いカップルが通りすがりに、

「これなんて読むの？」

と、連れの青年にきいたら、その若者は、ごく自然に、

「さあね、オヤドリかな」

と、答えて行きすぎた。

それ以来、私は、かならず親鸞《しんらん》と振り仮名をふるようにしている。――

週刊新潮14．令和5年4月13日号　一部抜粋）

私は、今の若者を貶《おとし》めているのではない。私自身、書道で古書の文献や、江戸時代、第二次世界大戦までの知名人や、特攻隊で死んでいった若者たちが残した文書を目にした時、その文体や筆跡の見事さに、驚き、感じいったものだった。練習してもその域に達することができない自分を恥じた。中世から近世までの、日本の文化の高さと、それを伝えてきた日本人に誇りを感じた。

今、器用にカタカナ語を駆使し、ＩＴを使いこなす若者たちも、夢を持ち、未来に生きようとしている。しかし、なぜか、不安を感じる。未来の日本が、どのようになるのか、視《み》えないのだ。むしろ世界が、核と人間を押しつぶすＩＴが人間を支配する社会に見える。

伝統を積み重ね、伝統を重んじる社会がなくなれば、その国は、いずれ滅びるであろう。カタカナ語の氾濫と、ＩＴの進化についていけない老人の妄想である。

文明や科学、技術は進化するが、人間、ヒューマン、ビーイングは、進化しない。できない。いつの時代も、人は生まれた時から始まる。育つ中で、その時代の環境の中で変化する。進化しているように見えるが、心や精神は、進化した状態で生まれてこない。

だから、歴史は繰り返す。だから、戦争は無くならない。

ワクチンの副反応に不安

新型コロナウイルスのワクチンが、ようやく日本に届いた。でも、私には薬のアレルギーがある。その上、基礎疾患があり副反応のリスクが大きい。

薬アレルギーは若い頃からあり、いろいろな反応が出る。風邪の治療で、大丈夫と思っていた薬で体中にバラの花のような湿疹が出た事もあった。担当医は、「アレルギーで死ぬ人もいる。湿疹で良かった」と言った。バラ疹でよかったが、いつ、どんな反応が出るのか分からないのが怖い。

今回のワクチンも慎重に治験を重ねているが、十万人に一人程度の副反応も、発症した本人には一分《ぶん》の一の確率である。コロナにかかる確率と副反応発症の確率は、私の場合は後者の方が高い。

コロナだけでなく、私たちはいつ、どんな病気にかかるか分からない。健康を保つには日頃から、体が発する声に耳を澄まして養生し、それでも病気になったら運命に従うしかない。

自分で命を守る覚悟

最近、「空振り」や「煽る」という言葉を耳にする。

八月中旬から、日本列島は豪雨におそわれている。先日、ラジオで避難途中の住民が、「もう何回も空振りだったが、また避難指示が出たので避難所へ向かっている」と、インタビューに答えていた。

コロナが発生して以来、医療の専門家が、幾度も警鐘を鳴らしてきた。それに対して「国民を煽って不安に陥《おとしい》れる」と批判する一部の人たちもいる。経験したことのない集中豪雨や未曽有の感染症の危機に面している今、私たちが心掛けるべき事は何なのか。

専門家の方々は、事実を調べて私たちに伝え分析して、予測される被害や災害を最小限に止《とど》めるべく、日夜、努力して下さっている。私たちのするべき事は、それを真摯に受け止め、自己責任において自分や家族を守る行動をとることだと思う。自分の命をかけて、私たちを守ってくれる方々への感謝の思いを忘れてはならない。

必要な人に届く施策

最近、手作りのマスクをしている人をよく見かける。先日、私の知人も手作りマスクをしていた。彼女はコロナが騒がれ始めた頃、「マスクが手に入らない」と嘆いていた。

彼女は四人家族で、二人の息子さんにも手作りマスクを持たせていると言う。私は、感心すると同時に涙が出そうになった。彼女の優しい母性愛を感じると共に、生活に必要な物が思うように手に入らない今の社会状勢に情けない思いがしたからだ。

安倍首相の一世帯二枚マスク配布は、戦時中の配給を思い出させる。非常時にあって、国民は、国からのわずかな配給に頼る生活を送らざるをえなかったあの時代。

今、マスクはフル稼働で生産されているはずだ。なのに、いつ行ってもマスク売場は、「お一人様一個限り」の札はあるが、品物がない。台湾のように、国民全体に、公平にマスクが手に入るような施策はないのだろうか。

コロナに耐えて生き延びる

コロナ以前に戻れないことを、私たちは漠然と感じている。

六月に入って、私の習い事、書道、太極拳、英会話は、以前に戻ったように感じる。しかし、マスク使用、一定の距離、入室前のアルコール消毒、参加者の住所・氏名・電話番号の記入等々。田舎の、しかも感染者の出ていない街でさえ、これだ。

広域の移動自粛緩和の後、車が増えている。スーパーや外食店、街で子どもの姿が増えている。街の様子は、以前に戻りつつあるようだが、本当に、以前に戻れるのか？

政府の示す、「コロナ後の新しい生活」に慣れる為には、何が、どのように、変わったのかを認識しないといけない。しかし、ほとんどが横文字、カタカナで示される社会に、年寄りはついていけない。コロナは、長生きしすぎて増えた団塊世代を淘《とう》汰《た》する現象なのかもしれない。進化論で考えると、コロナに耐え、共存できた種のみが生き延びられる。

穏やかに生きたい―コロナ前―

近くの番匠川の河口近くでは、ゆったり流れる水面《みなも》を、数羽のカモがのどかに泳ぐ姿がよく見られる。子ガモたちが一列になって、母ガモの後をついて回る姿も見ることがある。

番匠川では、カモの外にも多くの鳥が集まり、水に浮かんですごす様子が、興味深く観察できる。のんびりと見えるその体の下で、必死に水を掻いているなど、みじんも感じられない。もし、生まれ変わることがあるなら、水鳥になりたい、と、思わせるものがある。

家の近くの原っぱで、ヤギが一頭飼われていたことがあった。いつ見ても、穏やかにモグモグと草を食《は》んでいるヤギを見て、その生活が羨ましいと思った。働くこともなく、周りに気をつかうこともなく、争わず、ひたすらマイペースでのんびり生きているように見えた。私には真似ができないと思った。

カモやヤギや野の花のように、自然に生きながら、それでいて人の心を癒《いや》すことのできる生き方をしたいと思う。

500円玉に見る未来

以前、友人が、500円玉貯金を数えてみたら二十七万円もあり、家族旅行ができた、と、うれしそうに話していた。

意外とたまりやすいというので、私も試しにやってみた。すると、心がけて500円玉でおつりがくるように買物をしたら、一年ちょっとで、七万円程たまった。

それからは、目標を三万円にして、三万円たまったら銀行に持っていき、普通預金に入れ、一万円だけ、引き出して、好きな事に使うようにした。

ところが、2021年の十二月に銀行に持っていった時、翌年からは取り扱い料金がかかるようになると、説明を受けた。窓口の場合、硬貨五十枚までは無料だが、五十一〜百枚までは五百五十円になるそうだ。

日々のちょっとした小銭をためることは、誰にとっても楽しみだ。特に、子どもや主婦にとっては、ちょっとの心がけで、ためることができる。自分で稼《かせ》ぐことができない立場の者にとって、我慢や工夫で、現金がわずかずつでもたまることは、うれしい。そのお金を、通帳という形で確かめていくことが更に励みになり、以前はそう思われていた。

しかし、最近の社会は、政府の方針を始め、ためることより、投資することを勧めている。

私の子どもの頃や若年の頃は、貯金は美徳であり、金融機関は、大口でなくても定期預金の契約を取ることに、銀行員たちは躍起になっていた。給料日やボーナス日は、職場で彼らの姿をよく見かけたものだ。

株と投資信託の意味や違いさえ、よく分からない私だが、特別な人がするもの、と、思っていた株や投資が、いつの間にか、一般の人にも広がっているということに、最近、ようやく気付き始めた。昔は、一攫千金を狙って株をする人は、あまりいなかったようにある。しかし、今は普通の女性も、簡単に株や投資をしている人が多いと聞く。

お金の稼ぎ方、ため方は、人それぞれで、本人が納得がいけばそれでいい。しかし、こつこつ貯金が不利になる。こつこつとまじめに働き、わずかずつでもためることが、ばからしくなる社会は、よい社会と言えるだろうか。

現代の社会は、技術や科学の発達で、どんどん便利になっていくが、その便利さの裏で失われていくものも多い。進化どころか悪化していることもあり、人々を苦しめている。その最たるものが、地球の温暖化、環境破壊、人心の変化ではないだろうか。たかが500円玉貯金の取り扱いの変化だが、それが、これからの世界（社会）の未来を見るような気がする。

今どきの、携帯電話

「ヘイ、シリ、教えて」、突然、夫が英語で誰かに話しかけていた。驚いて振り返ると、夫は、新しく買ったスマートフォンに話しかけている。「たまねぎの赤サビ病に効く薬は何？」と聞いている。夫は携帯の音声アシスタント機能の使い方を覚えたようだ。この機能（アプリ？）シリは、夫の問いかけに、三秒も待たせずに答えてくれる。またシリは、夫が「ありがとう。よく分かった」と言うと、「喜んでもらえてうれしいです」と答えていた。

夫は海外旅行に行っても、「サンキュー、オーケー」しか、しゃべらない。それが、結構通じるのだ。「オーケー」でも、時と場合に応じて、イントネーションを使い分けるので、片言の単語につけ加えるだけで、重宝しているようだ。

それが、「ヘイ、シリ」などと、ネイティブスピーカーのように、話しかけているのがおかしかった。スマホのシリが、夫の話しかけに、人間のように答えているのも、おもしろい。

78歳の夫が、激変するデジタル社会にうまく対応しているのも感慨深い。

ただ、このシリちゃんは、夫の声には反応するが、「シリちゃん、かわいいね」と、呼びかける私の声には無視をする。

ちょっと、妬ける?。

詩

泡のように

心が透明になると
鳥の声が
聞こえる
風が
耳の側を通りぬけていくのを
感じる
甘い花のかおりが
かすかに漂っているのを
感じる

心が透明になると
鳥たちが

たわむれているのが
視える
つむじ風が
舞い上がるのが
視える
青いバラが
ゆっくりと開くのが
視える

体も透明になって
体中が
五感となって
私も　自然にとけ込む
泡のように
泡のように

少しずつ　少しずつ
気配が消えてゆく
影像が
フェードアウトするように
私も　自然に
とけ込む

私

私を見ている　私がいる

私は　なぜ
ここに居るんだろう
なぜ
ここに在《あ》るんだろう

私は　誰？
私という人間が
今　ここに　在るのは
なぜ

父と母が　出会って
私が　生まれたのは　分かっている
でも
父の精子と
母の卵子が出合った時
一つでも　精子がずれていたら
今の私は　この世にはいない

私という生命体は
その瞬間に　決められたのだ

三億個の数の精子の中の
その　たった一個で
私という生命体が
生まれたのだ

「私」という生命体は
ただ一人
他にはいない

私は
ただ一人
他には　いない

小鬼の踊りⅠ

胸の中で
ちりちり　ちりちり
胸の中で
りんりん　りんりん

小鬼が踊っている

胸の中で
ちりちり　ちりちり
小鬼が踊る
嫉妬の炎の上で
小鬼が踊る

ぱちぱち　ぱちぱち
火花が飛ぶ

ちりちり　ぱちぱち
ちりちり　ぱちぱち
小鬼の踊りが　速くなる　速くなる
ちりちり　ちりちり
ぱちぱち　ぱちぱち
……
小鬼はのびて　ノックダウン

胸の中で
りんりん　りんりん
小鬼が踊る
魂が渦巻く上で

小鬼が踊る
きらきら　きらきら
星が飛ぶ

りんりん　きらきら
りんりん　きらきら
小鬼の踊りが　速くなる　速くなる
りんりん　りんりん
きらきら　きらきら
……
小鬼は飛び上がる
ジャーンプ

小鬼の踊りⅡ

頭の中が
ずきんずきんずきん
小鬼が踊る
きゃっきゃっきゃっ
小鬼たちは
笑いながら　踊る

わいわいわい
がやがやがや
小鬼たちは
おしゃべりしながら　踊る

やがて　小鬼たちは
めそめそめそ
しくしくしく
あんあんあん
泣きながら　踊る

頭の中が
くるくるくる
ぐるぐるぐる
渦を巻く

頭の中が
きりきりきり
ぎりぎりぎり
ずきずきずき
ずきんずきんずきん

小鬼たちの
踊りは止《や》まない
踊りは　いつまで
続くのやら
しんしんしんと
続くのやら

まだまだまだ
続く小鬼の踊り

天才になれない凡人

凡人は
いつも頭を使っている

凡人は
いつも何か考えている
凡人は
くだらないことにも　頭を使っている
つまらないこと
取るに足りないことにも
頭を使っている

あれやこれや
ああでもない　こうでもない
と　考えるから
夜　眠れない
それは　凡人だから

天才は　よく眠る
夜は

眠る時間だから
眠る時間は眠る
当たり前のことをしているだけ
眠る時間は
くだらないことには　頭を使わない

思考する時は　熟考する
考えることに照準を定め
ただ　ひたすら
考えることに　熱中する
ふと
頭を休めた時に
ひらめきが走る

天才は
人前《ひとまえ》でもあがらない

緊張はしても　あがらない
人が見ていても
自分のするべきことをするだけ
人目を気にするのは
凡人
凡人は
人が見ていることを考えるから
人が見ていることに　気を使うから
人前であがる
手が震え　声が震え
動きが固くなり
力が発揮できない

凡人は
いつも頭を使い
いつも考えているのに

いざという時に
力が発揮できない

凡人は
考えすぎるから
何もできなくなる
物事が　うまく運ばなくなる

だから　凡人は
天才に　なれない

香る

香り
春　一番に

大気の中に漂う　梅の香り
じんちょうげの香り
ジャスミンの香り
みかんの花の香り
白ゆりの香り

夏は
クチナシの香り
ハニーサックルの香り
そして
月下美人の香り
眠気と戦いながら　楽しむ香り

秋は
白いモッコウバラの香り
ヘリオトロープの香り

日本古来の菊の香り
そして
金木犀　銀木犀の香り
香りは　風にのって
地域一帯に　広がる

冬は
アリッサムの香り
小春日和の日
ふと　庭に漂う
ろうばいの香り
梅に先駆けて咲く
そして
すいせんの香り

パンジーは

冬の花？　春の花？
厳しい冬の
わずかな日射しを頼りに耐えて
春ぽっと開く
なぜ
黄色いパンジーだけが
芳香をもつ

最期

人は皆
一粒の塵《ちり》となって
大空を上る
高く　高く
宇宙まで上る

人は皆
自分の最期を悟る
体が衰え
手足が萎え
気力が儚くなった時
自分の最期を悟る

一粒の塵となって
大空を上る

フロックコートのカラスが
丘の上で見送る
見上げて　見上げて
宇宙に溶け込むまで
見上げる

人は皆
一粒の水滴となって
大河を下る
遠く　遠く
大海まで漂う

人は皆
自分の最期を悟る
つれ合いの泣く声が聞こえる
わが子の呼ぶ声が聞こえる
ピーッという機械音が
遠くに聞こえた時
自分の最期を悟る

フロックコートのカラスが
丘の上で見送る
見下ろして　見下ろして
大海に呑みこまれるまで
見続ける

人は皆
一陣の風となって
大気を駈ける
広く　広く
異郷の大陸まで駆ける

人は皆
自分の最期を悟る
若い頃の父母《ちちはは》

優しかった祖父祖母
生まれ育った田舎家
を、感じた時
自分の最期を悟る
フロックコートのカラスが
丘の上から飛び立つ
コートの裾を翻し
風と共に駆けまわる

風を誘《いざな》うように
風を守るように
風を導くように
高く
遠く
広い
異郷へ

連れ去った

大噴火

頭の中が　大爆発
カンガエが
ポンポン　飛び出す
ゴオゴオ　流れ出る

飛び散る　カンガエ
あっちゃ　こっち
高く　低く
上に　斜めに

頭の中が　洗濯機

グルグル　グルグル
渦巻く　カンガエ
ポーン　ポーンと
飛び跳ねる
頭の中は　大爆発

フツフツと
胸の中で
煮えたぎる　カンガエ
胸の奥底から
フツフツフツ
突き上げる

やがて
鍛冶屋のように
とんてんかん　とんてんかん

と打ちだして
ドクンドクンと
吹き出す　カンガエ

胸も中も
頭の中も
カンガエの
大爆発だ

ガラス戸の世界

居間のガラス戸から
真近に
なだらかな山の輪郭が見えます

あまり遠くではないので
一本一本の杉の木まで分かります
杉の木がゆれている時は
高い風が吹いています

なだらかな稜線は
くっきりと山と空を画しています

空の中を
雲が渡っていきます
形のはっきりした雲が通る時は
じっと見送ります
一直線の飛行機雲が見えた日は
心がすっきりと　嬉しくなります
久し振りに　入道雲が見えた日
「子どもの頃は、よく見たねえ」と

夫が言いました

雲一つないまっ青の日は
大安吉日の日です

そのまっ青の日
とんびが三羽
青と緑の空間で
行ったり来たりしています
どうやら何かを取り合っているようです

ガラス戸から見える世界
のんびりと眺めるのも
たまにはいいものです

大寒のいちご

まっ赤でぷっくりした
大粒のいちご
十年来の大寒気がやってくる
そんな時期に買った
一パックのいちご
十粒入って３９８円
一粒40円

バーゲンとはいえ　安い
みんな仲良くそろって
形がいい
みんなまっ赤で

つやつやと光っている

どうしたら
こんなに大きく形よく
色よくできるのだろう
どうして
こんなに安価で
売れるのだろう

燃料費がかかるだろう
手間がかかるだろう
大きな設備もいるだろうに

我が家も庭に
いちごを植えている
気の早いのは　三月に

慎重なのは　四月頃　花が咲く
小さな実がつき、少しずつ大きくなり
緑から白になり
やがて赤くなる

手間はかけず　世話もせず
自然に任せているので
大きさも、形もてんでばらばら
日に当たったところは赤いが
反対側は白い
たれ下がり　地面に触れている部分は
地虫に食べられて　虫歯の穴のよう
赤く熟れると
鳥に狙われる運命が待っている

収穫できたいちごは

ぽっちりだけど
ヨーグルトにのせて
おいしくいただく

お店で買う　大粒のいちご
我が家で採れる　貧弱ないちご

それぞれのいちごの運命は
さまざまだけど

「みんな違って
みんないい」と
金子みすゞさんも言った

「それぞれ違って
それが当たり前」と

私は思った

一瞬に生きる

私たちは
今　という一瞬にしか　生きられない

さっきの私は
もう　いない
一秒後の私も
たぶん　いるだろうけど
一秒後の私は
今の私になっている

今がずっと続くと思うから

私たちは生きられる

一瞬の落雷で死んだ人は
その一瞬前には戻れない
その一瞬後には
生きていない

過去の自分を
懐かしく思い出す
子どもの頃の自分
二十代の自分、
三十代、四十代、五十代
そして、十年前の自分
決して返れない自分

未来の自分を思う
私の未来は長くない
半年後？　一年後？
九月に予約している
日本一周のクルージング
行きたいなあ
75歳まで？　77歳まで？
80歳までは　生きられるかな？

未来の自分を思うのは
それが、不確かだから
明日　自分がいるとは限らない

私たちは
今　という一瞬にしか　生きられない

パズル

ぐちゃぐちゃの
パズルのピースが
はまっていく

一つ一つ　はまっていく
かすかに　おぼろげに
一部分が　見えてくる

あちらの部分　こちらの部分
てんでばらばらだけど
一つの部分が見えてくると
なぜか納得

次の部分に取りかかる

一つ一つのピース
すぐに　ここだとわかるピース
あちらでもない
こちらでもない
あちこちに回される　ピース

いつしか　だんだん
見えてくる
おぼろげに
ピース　一つ一つが　合わさり
部分部分が
つながってゆく

私の人生が

見えてくる

全部の部分がつながって
ああ　そうなのか
なるほどと　思った時
私のパズルは　完成

明日《あした》

明日という言葉には
不思議なまほうがある

明日　と言えば
今日できなかったことが
できそうにある

明日という日は
必ず来る

今日は落ち込んで
沈んでいても
明日には
また　立ち上がれる気がする

芽を出したばかりの植物が
明日には
ぐんと　大きくなるように

オキシペタラム

青い花が好き
というより
青い色が好き
だから
青い花に　惹かれる

初めて　あなたに出会ったのは
葬儀のお供えの花の中でした
はなやかな百合や
白菊　黄菊
ストレリッチア　オンシジュウムの中で
ひっそりと　故人を見送るように

添えられていたあなた
オキシペタラム
淡い水色で
ベルベットの質感をもち
小さな
星の形をした　あなた

あなたが欲しくて
供花の中からいただいて帰り
さし木をしてみたけれど
だめでした
花屋でさがして
本で調べて
やっと
種から育てることが　できました

あなたは
暑い夏をのりきって
秋に　かわいい花をつけ
厳しい冬にも耐えて
今年の春は
一段と
青い星を　散らしてくれました

庭に散りばめられた
青い星　星　星
オキシペタラム

心のつぶやきⅠ

夫と　畑へトラックで出かけた

田んぼの中に　一羽のカラス
「カラスなら　すぐ写真に撮れるのに」
夫が　言った
同じことを考えていた私は
思わず大笑い
この鳥の写真を撮りたいな
と思う鳥にはすぐ逃げられる

カラスさん　ごめんなさいね
あなたの写真は　私の好みじゃないの

撮りたい写真は撮れず
撮りたい写真の被写体は
逃げていく

何か　人生をみているよう

心のつぶやきⅡ

書く事は　心のおしゃべり
一方的なので　すらすら書ける
相手の反応や思いを
忖度しなくてよい

相手の返答や態度に
煩わされることもない

心のおしゃべりが
頭の中でぐるぐる　駆け回る

心のつぶやきⅢ

長い歴史の中で
人間だけが変化していったのは　なぜ？
髪型が変わり　衣服が変わり
言葉も変化してきたから？
鳥や動物や植物は
自然の中で　ほとんど変わらないのはなぜ？

それは
人間には　欲があるから？
他の人より　多く持ちたい
他の人より　きれいになりたい
他の人より　上に立ちたい

動物は　生きるため　食べるため
戦うのは　家族を守るため
動物は　守るだけ
他の動物を襲うのは　生きるため

どこが　人間と違うのか

人間は強欲だ

心のつぶやきⅣ

今日ある自分が
明日　あるとは思えない

時々　急に上昇する高血圧をかかえて
いつ　この世から去っていくかは
自分にも　わからない

生活が豊かになり　便利になり
あふれる情報の中で　賢く生きて
長生きが普通になった　現在

だけど　死ぬタイムが分からないのは
昔と同じ
いつ　死んでもおかしくない　この世
今を　どう生きるか

この瞬間も　後ろ頭に痛みを感ずる
これは　何だ？
すきあらば　すぐ隣にある　死

心のつぶやきV

視える　視える
時間が　飛び去るのが

一秒　一分　一時間
すっ　すっ　すっと　飛び去る

気が付くと
一日たって
また　朝ごはんの支度
また　気が付くと
一週間前と　同じ　朝ごはんの支度

飛び去る時間
止められない

心のつぶやきⅥ

血圧　上200　下100
頭がぼーっとする　気分が悪い
動けない
なぜか脈拍は少ない　50ちょっと

血圧が急上昇して
体調が悪い時は
私は
異次元の世界を漂う

心のつぶやきⅦ

傲慢《ごうまん》な考えと思いますが
あまり　話したくない人

上から目線で話す人
「はあ、はあ、そうですね」
と　気弱に返事をする自分
「すごいですね、すばらしい仕事をされているんですね」
と　お世辞を言う私

相手の話は　教訓と自慢話ばかり
逆らえない私

会った後は
背中や心に　重い荷物が　伸《の》しかかっているよう
あまり　話したくない人

口を開くと　不平　不満　愚痴ばかりの人
「そんなことないと思うよ」
「考えすぎだよ」
「こんないいところもある」と返す私

別れた後は
暗い気持ちになり　いらいらする
頭の中は　酸欠状態

あまり話したくない人

話題を全て　自分の事におきかえる人
「昨日ね、パンジーの苗を買ったんよ」と私
「あ、私はもう先週に買って、植えたよ。
　デージーも買って、春の花壇はこうして、次は……」
延々と自分のことをしゃべり　私が話したいことからそれていく

どんな話題でも　いつのまにか
魔術師のように　彼女の話になっている
本当に不思議

会った後は
むだな時間を過ごしたようで
空しい　不満足な思い

どこかで
「年をとったら　会いたい人だけに会えばいい」と聞いた

今は　会いたくない人には
なるべく顔を合わせないようにしている

心のつぶやきⅧ

毎日のルーティンが
ぷちんと切れる
その日　その時が来ることは
感じていた　知っていた
ああ　今なんだな
今なんだな
うすれゆく思いの中で

今が　終わりの時

残された　ルーティンは
だれがするのだろう
と　思いつつ　くずれゆく

ルーティンが切れた日

心のつぶやきⅨ

過去の自分を
なつかしく　思い出すのは
絶対に　かえれないから

未来の自分を思うのは

それが　不確かだから

明日
自分がいるとは　限らない
庭先の電線で
ひよどりが　知らんふりをする
庭を横切る
パトロール中のねこが　ちらりと見る

止めてある
軽トラが　ぶつぶつ　つぶやく
鉢植えの
五月のパンジーが　呼びかけている

倉庫脇の
みかんの花が　匂いを漂わせる

雨上がりのバラの花が　首をうなだれる
いつもの　五月の朝
74歳の誕生日の朝

後書き

年を取ったり病気になったりすると、人は誰でも何らかの形で看取りを受ける。看取りを受ける期間は、

1. 生活の一部から生活の全てを、誰かに世話を受ける期間
2. いよいよ、その時が近づき、家族や周囲の見守りを受ける期間
3. 見送られる時

の三段階が考えられる。

父は、病院で看取りを受け、最後の一週間程、家族に見守られ、旅立った時は、母と次姉と私の三人で見送った。教師をしていた長姉は、修学旅行の引率の為、傍にいることができなかった。

母は、父の死後、隠居部屋で過ごし、一緒に暮らしていた次姉が、食事や洗濯の世

話をしていた。長姉や私は、時間の許す限り、会いに行き、話し相手になり、こまごまとした世話をしていた。

晩年定期的に来てくれていたヘルパーさんの勧めで、入院したその夜に容体が急変し、私たちが駆け付けた時は、ベッドの中で、呼びかけても返事もできない状態だった。

翌朝未明に、長姉夫婦、次姉夫婦、私の五人が見守る中、旅立った。

長姉は、63歳という若さで肺ガンが見つかり、二年九ヵ月の療養の末、姉の夫と娘の見守る中、旅立った。

その日の朝までつき添っていた私は、自分の用事で病院を離れていた為、連絡を受けて駆け付けたが、見送ることができなかった。

初めは、家族の看取りを受けるが、生活の自立が難しくなると病院で、または施設で看取ってもらうのが、今は一般的のようだ。

看取りには、生活の世話や病気の看護のような肉体的・フィジカルの支援だけでなく、精神的・メンタルの支えも重要である。

看取りを受ける人が、心の安定を保ち、生きてきた喜びや生きがいを感じて、最期の日を迎えるための心の看取りをするのが、送り人の務めと思う。

家族に見守られる期間は、思いを共有し、心の充足を得て、周りに感謝しながら、人生の幕を閉じたいものだと思う。

父は最期の時、吹子《ふいご》のようなもので医師の懸命な人工呼吸を受けていた。その様子は、苦しそうに見えた。

母の最期の時は、取り付けてある機器が、血圧低下を示す度に、看護師がカンフル注射をしていた。

父も母も、逝きたがっていた。自然の法則のままに。

父の死の時は、側についていた母も次姉も、母の時は、長姉も次姉も、何も言わなかった。

結局、私が母や姉たちに、「もう、いいよね」と言った。そして父や母は旅立った。

父母《ちちはは》を送られ人にしたのは、私の「もう、いいよね」の言葉だ。

「あれで良かったのだ」と思いつつも、思い出す度に、「本当に良かったのか」と思う。

著者プロフィール

大鶴 かずみ（おおつる かずみ）

1949年、大分県生まれ。

大分大学教育学部教育心理学科卒業。

1972年から大分県の公立小学校に勤務。

2010年に退職するまで７校に勤務。

途中1998年、文部省教育海外派遣（短期）でイタリアのフィレンツェへ学校訪問。

その他、在職中にオーストラリアのマッコーリー大学、アメリカのサルベージーナ大学など、短期の語学留学を体験。

現在は夫と二人で趣味の生活。

著書：エッセイ『おひとりさま家族』文芸社より2020年刊行。


本文写真（一部）／武石 宣彰（たけいし のりあき）氏

送られ人

2024年１月15日　初版第１刷発行

著　者　大鶴 かずみ
発行者　瓜谷 綱延
発行所　株式会社文芸社
〒160-0022　東京都新宿区新宿1－10－1
電話　03-5369-3060（代表）
03-5369-2299（販売）

印　刷　株式会社文芸社
製本所　株式会社MOTOMURA

ISBN978-4-286-24794-6